COBALT-SERIES

橘屋本店閻魔帳

花ムコ候補のご来店!

高山ちあき

集英社

橘屋本店閻魔帳
花ムコ候補のご来店！

Contents

登場人物紹介
弘人
橘屋本店の二男坊。
実体は鵺《ぬえ》。美咲のムコ候補
らしいのだが…？
美咲
コンビニチェーン・橘屋の
酉ノ分店の跡取り娘。
母は人間だが、亡き父は妖狐。

後鬼
前鬼の相棒の鬼。
可愛らしいが腹黒い。
前鬼
修行者・役小角《えんのおづの》の侍者だった美鬼。
冷酷。
雁木小僧《がんぎこぞう》
酉ノ分店の従業員。
雨女
裏町に住む情報屋。
百々目鬼《とどめき》
酉ノ分店の従業員。

イラスト／くまの柚子

橘屋本店閻魔帳
花ムコ候補のご来店!

のれんの色が変わるとき、
奥の襖《ふすま》は隠《かく》り世《よ》へと繋《つな》がり、
見えざる棚《たな》には妖怪《ようかい》向けの品々が並ぶ。
店の名は橘屋《たちばなや》。
獣《けもの》の妖怪を店主に据《す》えて、
現《うつ》し世《よ》に棲《す》まう妖怪たちの素行を見張る。

序章

少女は、神社の杉林を全力で駆けていた。

草木を踏みしだく音と、自分の鼓動《こどう》だけが耳に響く。

少女のそばを、狼《おおかみ》ほどの大きさの白い狐《きつね》が併走《へいそう》している。

さらに前方を、彼女らから逃れようと、必死に走っているものがいる。

身の丈《たけ》は一メートル近く。ぶくぶくと肥《こ》えた異様な体軀《たいく》に藤色《ふじいろ》の羽織をはおっていて、手足や顔は黒い毛に覆《おお》われた鼠《ねずみ》そのものである。背中に負った引っ搔《か》き傷からは、濃い血の匂《にお》いを放ち、四つん這《ば》いになって懸命《けんめい》に少女らの前を走っている。

夜空に月はない。

墨《すみ》を塗ったような不気味な闇夜《やみよ》だ。

けれど少女は不思議と暗闇が苦にならなかった。灯《ひ》のない林の中にもかかわらず、昼間と同じ感覚で突き進むことができるのだ。

ふと、地面を蹴《け》ってしなる両足が異様な熱を帯び始め、少女は自分に変化《へんか》が起きはじめていることに気づいた。

手足の爪《つめ》の先からびりびりと痺《しび》れのようなものが這いのぼってきて、鼓動が強まる。

(この感じは……)

忘れていた感覚が、体のすみずみにひとつひとつ蘇《よみがえ》ってくる。

ドクンとひときわ強い拍動《はくどう》が訪れたかと思うと、やがて風に溶けるような爽快感《そうかいかん》と、血のたぎるような高揚感《こうようかん》がないまぜになった奇妙な感覚がおとずれて、その体はいつしか白銀の狐の姿に変化《へんげ》していた。

しなやかな肢体《したい》、優雅に波打つ長い尻尾《しっぽ》、目元に雌《めす》らしい穏《おだ》やかさをたたえ、雪のように白くつややかな毛並みは、闇夜にあってもその輪郭《りんかく》を浮かび上がらせている。そして鋭く湾曲した小さな鉤爪《かぎづめ》。狐の妖怪《ようかい》——妖狐《ようこ》となった少女・美咲《みさき》は、いっそう速さを増して木立を走りぬけていく。

あと少し。

敵は手負いだから、簡単に追いつけるはずだ。

そしてついに、美咲は目前に迫った黒鼠——旧鼠《きゅうそ》の背に思い切り飛びかかった。

ガッっと鋭利な爪が、衣《ころも》を裂いて、堅い屈強《くっきょう》な背中を穿《うが》った。

妖気が黄金色《こがねいろ》の焔《ほむら》となって瞬《またた》く。

くぐもった唸《うな》り声を上げて旧鼠が横転し、爪をたてたままの美咲の体も勢いよく引っぱられた。

頭部を地面でしたたか打ったが、なんとか逃すまいと旧鼠の背中にしがみつく。

旧鼠は逃れようともがいていたが、しだいに毒が回ったかのように身動きが取れなくなっていった。

「でかしたぞ、美咲」

遅れてやってきたもう一体の妖狐が、またたく間にヒトの姿に変化《へんか》してから言った。小柄《こがら》な老婆《ろうば》だった。老婆は細い組紐《くみひも》で旧鼠を手際《てぎわ》よく縛《しば》り上げて、腹に札《ふだ》をびしりと貼《は》りつける。

「こんなところまで逃げおって、鳥居《とりい》から裏町へ抜けるつもりだったか」

老婆は言う。札は黄金色の焔をたち昇らせて旧鼠から妖気を奪い始める。

「でも、ここのは繋がってないはずでしょ」

喋《しゃべ》った拍子《ひょうし》に、美咲のからだも老婆と同じように妖狐の形を失って、ヒトの姿に戻った。

「うむ。管理を怠《おこた》ってはおらんつもりだったがな」

老婆は鳥居のあるほうへと首を巡《めぐ》らせた。

暗がりで、旧鼠の視線がぎろりとヒトの姿に戻った美咲に向けられた。その一瞬、夜気を震わせて、異常に強い妖気が醜《みにく》い体から放たれる。

「こやつめ、観念せい」

妖気に気づいた老婆は、その邪悪《じゃあく》な面《おもて》を覆うかのように額《ひたい》にもう一枚の札を見舞った。

（なに、いまの強い妖気……）

ふたつの眼《まなこ》は、確かに自分を見ていた。獣《けもの》が、獲物《えもの》の心臓を抉《えぐ》りとるときのような、欲心に満ちた鈍《にぶ》い眼光を放って。

これまでに感知したことのない禍々《まがまが》しい妖気に、美咲はぞくりと身を震わせた。

第一章　婿《むこ》が来た

1

「ふぁ〜あ」

電車で下校の最中、今野美咲《こんのみさき》は大あくびをひとつしながら、ようやく空《あ》いた座席にどさりと腰を下ろした。

茶色味を帯びた、肩の下まであるストレートヘアはどことなく乱れ、いつもは好奇心に満ちている瞳《ひとみ》もどこか眠たげである。

「なに、お疲れなの？」

同じように隣に腰かけた友人のユカがくすりと笑う。

「うーん、昨日あんまりよく眠れなくって。今日はこのまままっすぐ家に帰るね」

「えーっ、せっかく今日はバイト休みなのにィ。……でもあたしもおとなしく帰っとこっかな。最近、例のヘンな事件のせいでママがうるさいのよねえ」

「被害に遭《あ》うんじゃないかって？」

「そうそう。特にバイトは帰りが遅くなって危ないから、もう辞《や》めちゃえって。最近九時半過ぎにしかあがらせてもらえないからさ」

ユカは飲食店のウエイトレスをしている。

「九時半かー、たしかにそれはちょっと心配になる時間帯だね」

近頃、不可解な通り魔事件が頻発《ひんぱつ》していた。

それは月が完全に姿を隠した闇夜《やみよ》に限って起こる。

被害の対象は十代後半から二十代半ばくらいの若者ばかりで、衣服の乱れや外傷は一切なし。にもかかわらず、病院で手当てをせねば命が危ぶまれるほどに衰弱《すいじゃく》した状態で夜道に昏倒《こんとう》しているのだ。

警察は原因の究明に躍起《やっき》になり、巡回や情報収集に力を入れて事件の解決を急いでいるが、犯人の手がかりは一向に掴《つか》めず、地域の緊張はぴりぴりと高まるばかりだ。

(実はもう片づいたんだけどね……)

美咲はおでこにこしらえた小さなたんこぶをそっとさすりながら思う。

昨夜、神社の杉林で美咲と祖母のハツが捕らえたものこそ、その犯人なのである。

例によって、月のない夜だった。かねてから人ならぬ者の仕業《しわざ》ではないかと睨《にら》んでいたハツに駆り出され、妖気《ようき》を探って夜回りをしていたところ、件《くだん》の事件現場に遭遇した。

時刻は十時過ぎ。犯人の正体は、何百年も生きた鼠《ねずみ》が巨大化して人獣を襲うようになったもの――旧鼠《きゅうそ》と呼ばれる獣型《けものがた》の妖怪《ようかい》だった。夜道で若い娘を襲い、豊潤《ほうじゅん》な精気を奪っていたところを発見し、神社まで追い詰めたのだ。

詳しい動機についてはいまだ口を割らないが、隠《かく》り世《よ》に送還されることは免《まぬか》れない。いまごろ今野家《こんのけ》の座敷牢《ざしきろう》で吠《ほ》え面《づら》かいているところだろう。

隠り世とは、この世ではないもうひとつの世界の呼称――この現《うつ》し世《よ》の裏には、隠り世という妖怪たちの棲《す》む別世界が存在している。

美咲の母は普通の人間だが、五年前、不慮《ふりょ》の事故で亡くなった父は、人の姿に化《ば》けてこの現し世に棲む妖怪だった。美咲は人と妖怪との間に生まれた子なのである。

だから四つ年上の姉と自分には、ふつう人には見えないはずの妖怪が見えたり、全力で走ると、人ならぬ速さを出して白い狐《きつね》の姿に変わってしまう特異な能力が宿っている。

もちろんそのことは誰も知らない。それが現し世で暮らす妖怪たちが守らねばならない絶対の掟《おきて》だからだ。

おかげで、走るときはいつも力を抑《おさ》えねばならなかった。運動会のかけっこはたいていビリだし、鬼ごっこだっていつも捕まって、グズな鬼の役ばかり。

ゆうべはハツにどやされて、久々に全力疾走した。あまりにも久しぶりに変化《へんげ》したせいで、昨夜は妙に気が高ぶってなかなか寝つけなかった。

（一体いつぶりの変化だったのかな……）

ぼんやりと記憶を探ってみるが、もう思い出すことができない。妖狐の姿をした自分があまり好きになれなくて、美咲はもうずいぶん長いこと変化していなかった。

ユカと別れて電車を降りた美咲は、週末で明日から学校が休みなのでなんとなくうきうきしながら家まで歩いた。

美咲の家は、京都《きょうと》・伏見《ふしみ》に本店を据《す》えて、全国に百の店舗《てんぽ》をもつコンビニエンスストアチェーン・橘屋《たちばなや》のうちの一つ、酉《とり》ノ分店《ぶんてん》を経営している。

酉ノ分店は、関東地方某所の、古い理髪店や小さな中華料理店やら雑多《ざった》な店が立ち並ぶ通りにある。ガラス張りの入り口付近には雑誌コーナーがあって、食品や日用雑貨やチケット関係など、扱う商品は他のコンビニとさほど変わらないのだが、店舗の造りに特徴がある。重厚な屋根瓦《やねがわら》に黒塗りの檜《ひのき》を使用した、堂々たる和風建築なのだ。

正面に掲《かか》げられた木製の看板には流れるような筆文字で書かれた「橘屋」の二文字。ゆらゆらと風に揺れる、丸の中に橘の文字の染め抜かれた藍色《あいいろ》ののれん。格子《こうし》の引き戸の出入り口。そのほか、商品棚《だな》や店員の制服にいたるまで、すべて趣《おもむき》のある和風に統一された一風変わったコンビニである。

橘屋のうち、夜になると店先ののれんの色が変わる店舗が本店も含めて十三軒ある。それらの店舗は経営者が人の姿に化けた妖怪で、現し世で起きる妖怪がらみのいざこざを処理する秘密の裏稼業《うらかぎょう》を担《にな》っている。美咲の家の酉ノ分店も、実はそのうちのひとつなのだった。

美咲は駐車場を横切って、店舗横にある狭い小道に向かって歩いていく。奥に、別棟《べつむね》の住まいがある。

ふと店から、二歳くらいの男の子が泣きながら、母親に手をひっぱられて出てくるのが目に留《と》まった。欲しい物を買ってもらえなかったのか、喉《のど》が張り裂けんばかりに盛大な泣き声をあげている。母親は、すっかりと困惑《こんわく》した様子でその息子を見下ろしていた。

（あ。天邪鬼《あまのじゃく》だ……）

美咲には見えていた。ごねる男の子の背後に憑《つ》いているよからぬもの――店に戻りたがって地団駄《じだんだ》踏む男の子の背中には、青い肌に一本の角《つの》が生えた小ぶりの鬼がへばりついてニヤニヤしていた。

（あの子が駄々をこねてるのはあいつのせいね）

天邪鬼は、他者の心を読むことができ、意に逆らった悪戯《いたずら》をしかける鬼族の妖怪である。

美咲は足を止め、ちょっと構えた。

妖怪たちのなかには、ときどきあんなふうに悪さを働く者もいるのだが、こちらでいたずらに人獣に手出しをされると二つの世界の均衡《きんこう》が崩れてしまうため、橘屋の主《あるじ》がそれを阻止《そし》することになっている。ゆうべ旧鼠を捕らえたのもそうした理由からなのだ。

（でもあいつ小物だし、命にかかわるような大事件って感じでもないから、まあいっか。今日は仕事を手伝えとも言われてないしね）

美咲はそんないいわけじみたことを思いながら、見なかったことにして通り過ぎようとした。

けれど二、三歩歩いたところで、やはり間違って大事《おおごと》になると後が面倒だと思い直して、仕方なく引き返す。

（小さな綻《ほころ》びは放っておくといつの間にか大きくなるから気をつけろっておばあちゃんが言ってたっけ）

美咲は財布に二つ折りにして挟んである正方形の和紙——御封《ごふ》を取り出した。

御封とは、文字通り妖怪の力（妖力《ようりき》）を封じ込めることのできる呪文《じゅもん》が筆書きされた、橘屋で代々使用されている御札《おふだ》である。

美咲はさりげなく親子のほうに歩みよった。

そして、座り込みを決め込んでわんわんと泣く男の子に、「ぼく、元気だね」などと呑気《のんき》に声をかけながら、その小さな背中に憑いている猫ほどの大きさの天邪鬼の襟首《えりくび》をむんずと摑《つか》み上げた。

天邪鬼はギャッと声を上げて目を剝《む》いた。

もちろんその姿も声も、親子には見えないし聞こえていない。

天邪鬼が離れたとたん、男の子は泣くのをやめて、きょとんとした。

「ぼく、やっぱりママの言うとおりにする」

涙声でそう言って、嗚咽《おえつ》を呑《の》みつつ立ち上がる。とてもさっぱりとした素直な表情になっている。

母親はほっとした様子で息子を抱き上げた。

（よかった……）

車へと向かう親子を尻目《しりめ》に、美咲は、自由を奪われてもがいていた天邪鬼を小道に連れこんで、きっと見据えた。

「あんた、橘屋の前で白昼堂々人間にいたずらするなんて、大した度胸じゃない」

妖怪はたいてい夜中に活動するものだ。

「なんだ、おまえ。なんでオレ様の姿が見えてんだィ」

天邪鬼はひどく驚いていた。

「あたしはここんちの娘なの」

「橘屋の？　そのわりに人間臭《くせ》えな」

小鼻をすんすんと鳴らして天邪鬼は言う。

「あいにく半分は人間なもんで。ところでどうしてあんないたずらしてたの。あんた、見たところ裏町から来た感じだけど」

隠り世のことを、または裏町とも言う。

現し世に棲んでもいい妖怪は、人や獣の姿に変化《へんげ》できる能力をもつ種族に限られる。天邪鬼のような小物は変化が不可能なため、ふつう隠り世でおとなしく暮らすものだが、姿を消せる能力さえあれば、一時的に現し世に来ることも許されている。

「ゆうべからちょっと現し世に遊びに来てたのよ。で、腹減ってたから食いもん探しに店に寄ったのに、なんも売ってねえんだもんよ」

天邪鬼は口を尖《とが》らせた。

「あたりまえじゃない。のれんの色を見なさいよ。あんたが来ていいのは朱色《しゆいろ》のときだけでしょ」

そう。のれんの色が藍色から朱色に変わるとき、店の奥の白壁には襖《ふすま》が一間《いつけん》現れる。現し世と隠り世とを繋《つな》ぐ出入り口だ。

そしてその横の商品棚――裏棚と呼ばれ、普通の人間の目にはただの白壁としか映らない――には素焼きのイモリや鳩《はと》の目玉、熊の血の煮凝《にこご》りなど、裏町から仕入れられた妖怪向けの品々がずらりと並ぶ。橘屋は、人に化けて現し世に棲みついている物好きな妖怪のために開かれた店でもあるのだ。

「で、食べ物がなくて、腹立ったからあの子にやつあたりしたわけなの?」

「ちょっと遊んでやっただけじゃねえか」

「あんたの遊びは人間には迷惑なものなの。とっと裏町に帰りなさいよ。あたしが特別に襖を開けてやるから」

「やなこった。それよりおまえ、ほんとに妖怪なのか？　ちょいとここで破魔《はま》の力でも出してみろ」

天邪鬼はそう言って疑うような視線を美咲によこす。

破魔の力とは、橘屋の裏稼業を担う十三店の店主やその家族がそれぞれ先祖代々受け継いでいる特殊な力である。妖狐の一族である今野家は、爪《つめ》にその力が宿っている。御封を扱う力などども、これに由来《ゆらい》している。

「い、いやよ。あんたごときにあたしの勇姿を見せるいわれはないわ」

美咲はつんとそっぽを向くが、からいばりにすぎなかった。破魔の力は修行次第で発動させることが出来るようになるが、爪を使うことはおろか、変化すらも長く抑《おさ》えすぎたせいで自在に操る自信がない。昨夜、旧鼠を仕留《しと》めるときに爪が出たのは、ほとんどまぐれだった。

「そうか、おまえ、半分人間だから、変化できないんだな。やい、手を離せ。半妖怪のなりぞこないがオレ様に指図をするな。裏町へ引っ込んでろ」

天邪鬼は手足をばたつかせて暴れる。

「なんですって？　あんたこそとっとと自分の巣へ帰りなさいよ。言うこと聞かないと、御封で強制送還よ！」

美咲はそう言って、暴れる天邪鬼のおでこにぴしっと御封を貼りつけた。こうして、じかに手をかざして貼りつけることで、相手の妖力を封じることが出来るのだ。力の弱い妖怪は、これを貼られるだけで隠り世へと送り返され、当分こっちには出てこられなくなる。

「ギャアア、やめろ！」

天邪鬼の姿は、足元から、音もなくたちまちかき消えてしまった。

一件落着。美咲はふうと一息ついた。

大物だった昨夜の旧鼠などとちがって、御封一枚ですむ小物相手なら一人でも簡単に退治できるようになってしまった。

その実、心境は複雑だ。変化してしまう特異体質も店の存在も一切忘れて、妖怪とは無縁の穏《おだ》やかな暮らしに憧《あこが》れる気持ちも大きい。

（あたし、最近どんどん人間離れしていってる気がする……）

そもそもこの裏稼業を手伝うのはほとんど姉の役目だったのだ。

橘屋の跡目は代々長子《ちょうし》が継ぐことになっている。だから姉は、幼い頃から積極的に裏町に出入りして顔を売ったり、御封の扱いを伝授されたりと、店主であり祖母であるハツに何かと連れまわされていた。美咲は呑気《のんき》にそれをそばで眺めているだけでよかった。

ところが、つい昨年のこと。姉はたまたま大学の異文化交流サークルで知り合った米国人と恋に落ち、子供までこしらえて、さっさと海の向こうにお嫁に行ってしまったのだ。

ハツは姉より美咲のほうがより強く妖狐の血を受け継いでいることを見抜いていたので、「仕方あるまい」のひとことであっさりとこれを認めた。おかげで橘屋の跡目のお鉢《はち》は、美咲に回ってくることになったのだ。

そうだ、昔から、なぜか美咲のほうがよりたくさんの妖怪が見えたし、妖狐の姿でいられる時間も長かった。

だからハツは、姉が嫁に行ったとたん嬉々《きき》として破魔の力を口伝《くでん》して美咲に妖怪退治を手伝わせ、ほか、御封の書き方を仕込んだり、裏町の散策につきあわせたり、果ては見合い相手の写真まで持ちだして婿《むこ》取りの話まで始めるなどして、跡継ぎに係《かか》わる諸々《もろもろ》の事柄《ことがら》を急ピッチで進め始めたのである。

もちろん美咲の意思はそっちのけ。

本気で姉を恨《うら》む気はないけれど、美咲にとってはおもしろくない展開である。

母は好きに生きればいいと言う。死んだ父がいつもそう言ってくれていたらしいから。

父は美咲が六つのときにいなくなったので、残っている記憶はごくわずかである。

大きな手、広い肩、名を呼んでくれるやさしい声。そしておぼろげだが、白く雄々《おお》しい妖狐の姿。それらの記憶はあまりにも遠いものなので、夢か現実か、もう区別がつかないほどになってしまった。

父がいてくれたら、もう少し具体的に、自分の将来のことを相談できたのだろうか。この胸に抱えているもやもやを、取り払ってくれるような助言をくれたりして――？

いっそのこと、駆け落ちするくらいの勢いで恋に落ちる相手でも現れたら、あれこれ考えずに自分の人生を好きに生きられるのかもしれない。ちょうど、姉がそうだったように。

（でも、そんな相手もいまのところ見当たらないしね）

自分の生《お》い立《た》ちを理解し、この珍妙な特異体質を受け入れてくれる相手でなければ、と神経質に構えているうちに、いくつかの恋が始まる前から片思いのまま終わった。

それに先祖代々続いてきたこの店を守りたいハツの気持ちが全く分からないでもない。

ハツは息子である父を亡くしてからずっと、一人で店をきりもりしてきた。表向きの商売は雇われ店長（もちろん妖怪）に任《まか》せきりであるが、妖怪退治のほうはそうもいかない。

捕らえた妖怪に御封を貼りつけて隠り世送りへの引導を渡せるのは橘屋の店主のみ。もし仕事をサボって西ノ区界にだけ悪い妖怪が溢《あふ》れたら、本店の目付け役に糾弾《きゅうだん》されてこの分店自体がお取り潰《つぶ》しとなってしまうこともありうる。

そういうわけで、美咲はずるずるとこの裏稼業につき合っているのだった。

跡を継がねばと思いつつ、妖怪と無縁の暮らしにも未練がある。どっちつかずでふらふらしている自分が、実はちょっと嫌だった。

天邪鬼の言ったとおり、自分は中途半端《はんぱ》のなりぞこないなのかもしれない。

2

翌朝。

「ほれ、美咲《みさき》。いつまで寝とんのだ。脳ミソが腐《くさ》るぞよ」

学校は休み。出掛ける約束も特にないということで、とりあえずゆっくり朝を迎えようと寝坊を決め込んでいた美咲は、しかし祖母ハツの声で叩《たた》き起こされた。

「うーん、もう今日は休みなんだからゆっくり寝させてよう」

「御封《ごふ》の綴《つづ》りを復習する時間じゃ。さっさと飯食って支度せい」

白髪に、胸元に丸橘《まるたちばな》の染め抜かれたえんじ色の作務衣《さむえ》を着た小柄《こがら》な祖母が、仁王立《におうだ》ちになって美咲を見下ろしている。年のせいでしゃがれているが、分店の主《あるじ》らしい、威厳《いげん》に満ちた声音だ。皺《しわ》のきざまれた顔に、きつめの眼《まなこ》が光る。

美咲は眠い目を擦《こす》りながらしぶしぶ寝床《ねどこ》を出ると、のっそりと階下へ向かった。

美咲の家は、店と同じく檜造《ひのきづく》りの日本家屋である。美咲の暮らしている母屋《おもや》に加えて、中庭に面した渡り廊下《ろうか》で繋《つな》がるはなれが一棟《ひとむね》ある。はなれには、妖怪《ようかい》に関する古い書物やら、酉《とり》ノ分店《ぶんてん》の業務日誌などが保管されているほか、書院造《しょいんづくり》風の客間や、悪事をはたらいてしょっぴかれた妖怪を閉じ込めておく座敷牢《ざしきろう》などもある。

朝食を済ませ、身支度をととのえて座敷で待つハツのもとへ行こうとしていたところ、ふいに呼《よ》び鈴《りん》が鳴って、美咲は足を止めた。

ハツが気づいて、障子戸《しょうじど》のすきまから顔をのぞかせる。

「はーい」

(誰かしら?)

格子戸《こうしど》の曇《くも》りガラスごしに、すらりと長身の人影が見える。

返事をして戸を開けると、そこには美咲と同じ歳《とし》くらいの少年が立っていた。

「おはようございます。本店から参りました。橘《たちばな》弘人《ひろと》と申します」

少年はそう言って折り目正しく頭を下げた。

艶《つや》やかな黒い瞳《ひとみ》、すっと通った鼻梁《びりょう》、形のよい唇《くちびる》は固く引き結ばれ、男らしいきりっと整った顔立ちをしている。若者らしいカジュアルな服装にもかかわらず、どこかきちんとして育ちのよい印象が漂う。

「お、おはようございます」

突然の来客に、美咲は少々面食らって挨拶《あいさつ》を返した。

本店の者がいったい何の用だろう。定期見回りの担当者にしては歳が若い。ハツを呼んだほうがいいのかと美咲がまごついていると、

「おや、婿殿《むこどの》」

背後から当人の声がした。

（婿殿？）

ハツを見て、弘人は笑みをうかべた。

「お待ちしとりましたぞ。ささ、どうぞ中へ」

ハツは美咲を退《の》けて、弘人を座敷へと促《うなが》す。

「婿殿って……、えっと、どなたの？」

「おまえさんに決まっとるだろ、美咲」

「えっ？」

美咲は目を剝《む》いた。思いもよらないハツの言葉に耳を疑う。

「ちょっと、聞いてないんだけど、そんな話……」

「お邪魔《じゃま》します」

弘人は、あまりの驚きに絶句する美咲をよそに、物怖《ものお》じしない堂々たる立ち居ふるまいで今《こん》野家《のけ》に上がりこんできた。

すれ違い際《ぎわ》に一瞬、目があった。

整った切れ長の涼しげな眼差《まなざ》しに、不覚にもどきりと鼓動《こどう》がはねる。

「安心せい。今日、婿殿は見合いをしに来たわけではない」

ハツが小声で耳打ちする。

(見合いって、え？　だからなんの話よ。あの人、いったい何者なの？)

美咲は、座敷に入っていく弘人とハツの後ろ姿を唖然《あぜん》と眺める。


「粗茶でございますが」

美咲は慣れない手つきで緑茶をさし出した。ハツに言いつけられたのだ。

橘弘人、十八歳。本店の次男坊。

人の姿に変化《へんげ》して現し世《うつしよ》暮らしをしているが、実体は鵺《ぬえ》である。美咲の知る限りでは、鵺というと雷《かみなり》を伴《ともな》う黒雲を操り、顔は猿《さる》、手足が虎《とら》、蛇《へび》の尾には毒を隠し持つといわれる獰猛《どうもう》な獣《けもの》型《がた》の妖怪である。

お茶を淹《い》れながら、美咲は思い出した。

少し前、見合い用の写真をハツが持ってきたことがあった。やっと十七になったばかりの自分になんて気が早いことだろうと仰天《ぎょうてん》しつつも、興味を引かれて写真を開けてみたら、そこに写っていたのは猛々《たけだけ》しい鵺の姿。美咲は相手の名も素姓《すじょう》もろくに聞かず、写真を放り出してハツを追い返した。

目の前の若者は、おそらくあのときの見合い相手なのだ。

(でも本店の人がどうしてうちの花婿候補なんかに……？)

分店の、おまけに美咲は、半分は人間の血が流れている身なのに。疑問は募《つの》るばかりである。

湯飲みを置くとき、弘人の手元にある紗綾形《さやがた》模様の緋色《ひいろ》の冊子《さつし》に目が留《と》まって、美咲ははたと手をひっこめた。

（コレって……）

〈橘屋本店閻魔帳《えんまちよう》〉といわれる、悪事を働いた妖怪たちの罪状や、その後の素行を書き記しておく帳面だ。各分店の業務成績や、主をはじめ売り子たちの品行も書き込まれており、内容次第では店舗《てんぽ》の閉鎖《へいさ》もしくは店主の交代を宣告されることもあるのだと聞いたことがある。

（まさか、ついにお取り潰《つぶ》し……）

嫌な予感がよぎった。なにか、本店に睨《にら》まれるような失敗でもしでかしたのだろうか。

先日の旧鼠《きゆうそ》の事件が原因かもしれない。一応片はついたが、旧鼠は具体的な動機を依然《いぜん》として吐かないし、捕らえるまでに時間がかかりすぎた。

紫檀《したん》の座《ざ》卓《たく》を挟んで、弘人とハツが座っている。少し離れた所に、母のゆり。看護師の仕事をしている母がめずらしく休暇をとったと思ったら、この来客があったからなのか。

美咲はハツに言われたとおり、ハツの横におとなしく正座した。

弘人は慇懃《いんぎん》に頭を下げてから、静かに切り出した。

「先日の旧鼠の件をはじめとして、このところ、ここ西ノ区界隈《かいわい》で、人に危害を加えるならず者が横行《おうこう》しているとの報告が多数ありまして。妖怪の取り締まり方に落ち度はないか、しばらくこちらに逗留《とうりゅう》して、様子を拝見させてもらうことになりました。いつもの監視方は兎《うさぎ》の肝《きも》を食いすぎて腹を下《くだ》しておりますので、代わって僕が視《み》させていただきます」

張りがあるのに柔らかい、感じのよい声だった。威厳さえかもしだす落ち着きっぷりはいかにも本店の者らしい。

「最近わしが腰痛を患《わずら》って、思うように身動きできんのが原因の一つかもしれませんな」

ハツが面目《めんぼく》ないといった顔で言う。

弘人は無言で相槌《あいづち》をうってから続けた。

「それと、西ノ分店は跡目の件も保留になったままなので、今後の意向をはっきりさせろとお上《かみ》からの御達《おたっ》しです」

お上とは本店の主、つまり橘屋全体をとりしきる総帥《そうすい》のことである。こっちの世界では橘屋グループの会長ということになる。美咲はまだお目にかかったことはないが、この弘人の父にあたる人物で、もちろんその実体は鵺である。

「……だそうじゃ。どうする、美咲」

ハツは美咲の膝《ひざ》をぽんと叩いて問う。

「え、どうするって……」

美咲は突然話をふられてあわてる。

「だから、跡を継ぐのか継がぬのか。弘人殿と夫婦《めおと》になるのかならぬのか」

「そんな、いきなり結婚のことまで言われても……」

美咲は当惑《とうわく》したまま、チラと弘人のほうを見る。

弘人は興味なさそうな落ち着き払った表情で、閻魔帳を繰《く》っている。

「店の売り上げはいいみたいですから、店舗を閉めるのは惜しいですね。ここがなくなれば、西ノ区界の妖怪の取り締まりは手薄になりますから、おのずと治安も悪くなる。ただでさえ集まりやすい土地柄《がら》なので」

人口が多いぶん、妖怪がらみの事件の起きる確率も高いのである。

「そうでしょうな。で、本店としては、ぜひ弘人殿を婿に据《す》えて守りを強化し、西ノ分店のますますの盛業を図りたいと……？」

ハツがそのことを期待した声音で言う。

「まあ、そんなところです。彼女には人の血が入ってるようなので、妖力の消失も危ぶまれますが」

弘人がそう言って美咲に視線を移す。

「そうじゃや。おまえはもう十七だったな、美咲。跡を継ぐ気なら、そろそろ腹を決めねばならん時期だぞよ」

ハツが言う。

それは、姉が嫁に行ったときから口うるさく言われていることだった。人と妖怪の間に生まれた子は、成人するまでに過ごした環境でその属性が決まる傾向にある。美咲の場合はずっと人間よりの暮らしをしてきたから、このままだと妖力は消えてふつうの人間になってしまう可能性が高いのだ。

「分かってるわよ、おばあちゃん」

美咲はぼそりと小声で返す。

「婚姻《こんいん》の方はともかく、跡目の件については僕がここを去るまでに、必ずはっきりと返事をしてください。よろしくお願いします」

そう言って、弘人は閻魔帳を閉じた。

3

弘人《ひろと》が十日ほどこの家に滞在するというので、ゆりと美咲《みさき》は客間の掃除をしにはなれに行った。

別棟《べつむね》とはいえ、他人の、しかも婚約の話まで上がっている年若い男と衣食住を共にするなんて、気遣《きづか》わしいことだ。本店の監視方といえばいままでは頭に白いものの混じり始めたおじさんで、長居してもせいぜい二、三日だったのに。

(お風呂場《ふろば》で鉢合《はちあ》わせしたりしたらどうすんのよ……)

などと埒《らち》もないことを考えていると、ハツが美咲を呼びに来た。

「掃除ならわしが手伝うから、おまえさんは弘人殿の相手をせい」

「えっ、そんな、いきなり何話せばいいのか分かんないよ」

美咲はどぎまぎする。

「若い者どうし、好きに語り合え」

そう言ってハツは、美咲を強引にはなれの縁に締め出して、ぴしゃりと襖《ふすま》を閉めてしまった。

「んもう、勝手なんだから」

ぶつぶつ文句を言いながら母屋《おもや》に戻ろうとすると、中庭におりて物珍しそうに白木蓮《はくもくれん》の木を眺める弘人の姿が目に入った。

庭の白木蓮は、ちょうど満開を迎えたところだった。白い清楚《せいそ》な花が空に向かっていっせいに咲き、ほのかに甘い香りを漂わせている。弘人はそれを無心に眺めている。

(お見合いの写真はこっちでよかったのにね)

美咲は完璧《かんぺき》にほど近いすらりとした彼の立ち姿を見て、こっそりとそんなことを思う。

そもそもあの写真は、なにも本店の人間が用意したものなどではなく、明らかに男＝強さ＝鵺《ぬえ》を意識したハツの小細工だったといまさらながらに思う。立派な婿《むこ》を迎えて店の株を上げたいと考えるハツの心意気なのだろうから責める気も起こらないのだが。

気配はしっかりと読まれていたようで、白木蓮を見上げたままの弘人が、だしぬけにそう言った。

「見過ごそうとしただろ、天邪鬼《あまのじゃく》」

美咲が緊張しながら背後から近づいてゆくと、

（ほんとに何話そう……）


「え？」

「きのう、店の真ん前で……」

振り返って、美咲を正面から見据《みす》える。

「み、見てたの？」

美咲はぎくりとする。

「見てたよ。雑誌立ち読みしながらね」

弘人はニヤニヤと笑いながら返す。

かしこまった感じのなくなった、年相応ともいうべききくだけた物言いに、美咲は一瞬戸惑《とまど》った。

「ち、小さな妖怪《ようかい》だからいいかと思って。でも、ちゃんと始末したんだからいいでしょ」

美咲はつられてぞんざいに返す。

「でも一度は無視して立ち去ろうとした。本店の前でそんなことをしてたらおまえが縛《しば》り首だ

ぜ」

弘人はそう言って口元を歪《ゆが》める。

こっちが本性なのだろうか。人格が一変したようで、調子がくるう。

「で、実のところ、どうなの。跡を継ぐ気はあるの、おまえ？」

弘人が腕組みしながら、わりと馴れ馴れしく尋《たず》ねる。

「それは、まだ迷ってるというか、なんというか……」

美咲は尻《しり》すぼみに答える。

「だろうね。あの態度見てれば誰にでも分かる。小物だからといって、悪事を働く奴《やつ》を見逃す生《なま》ぬるい店主はいないからな、ふつう」

厳しい言葉に、美咲は返す言葉を失った。

「そっちこそどうなのよ？　弘人さん」

「ヒロでいいよ」

「じゃあ、ヒロ。あたしがこの店を継いだとして、あなたは、親が決めた相手とすんなり結婚してもいいわけ？」

なんとも実感の伴《ともな》わない質問だったが、だからこそ、面と向かって訊《き》くことができた。

「今回はべつに見合いをしにここへ来たわけじゃない」

弘人はさらりと言ってのける。

たしかに用件はほかにもある。しかし、コレを見合いと言わず、何と言うのか。

「そもそもあなたみたいな本店のお坊ちゃまが、なんでうちなんかに婿入りする話がでたのかしら」

「お上《かみ》の意向だよ。酉《とり》ノ分店《ぶんてん》の両隣は申《さる》ノ分店と戌《いぬ》ノ分店、そのどちらも主人は鵺じゃないだろ。お上としては、四方位に一軒は自分の同族を据《す》え置いて、いざというときに備えておきたいんだ」

裏稼業《うらかぎょう》のある橘屋《たちばなや》は、本店伏見《ふしみ》を中心にして全国を十二の区界に分け、そこに各一店舗《いってんぽ》ずつ配置されている。

「いざというときって？」

美咲は眉《まゆ》をひそめる。

「いまある橘屋の十二の分店のうち、鵺の一族が占めるのは六店舗。残りはおまえたち妖狐《ようこ》やカマイタチといった異種族が店を捌《さば》いてる。その分店がもし皆で手を結んで、橘屋を転覆《てんぷく》させ、よからぬことを企《たくら》んだらどうなる？」

たとえば現《うつ》し世《よ》に妖怪たちを解放したら――。妖怪には理性を持たない獰猛《どうもう》な性質《たち》のものも多い。現し世の霊魂《れいこん》は喰《く》い放題になり、阿鼻叫喚《あびきようかん》の地獄絵が現実のものとなってしまうかもしれない。そうなれば二つの世界の均衡《きんこう》は確実に崩れてしまう。

「遠い昔に、実際そんな不穏《ふおん》な動きが見られた時期があったんだそうだ。だからお上は、分店どうしの癒着《ゆちゃく》をけん制する意味で、おれを他種族の店に婿入りさせたいのさ」

「そうだったの。……でも鵺にたてつく店主なんているのかしら」

獣型《けものがた》では最強と言われる妖怪だ。逆らえばすぐに喉笛《のどぶえ》を掻《か》っ切られる。少なくとも今野家《こんのけ》は、これまでおとなしく忠義を立ててきた。

現し世でも『平家《へいけ》物語』における鵺退治のくだりをはじめとして、鵺を凶悪な怪獣扱いする伝承《でんしょう》は数多い。雷《かみなり》と共に天から落ちてくると伝えられている雷獣《らいじゅう》の正体も、実はこの鵺なのである。

「おれは血族で地盤を固めるお上の考え方には賛成だ。もしおまえがここを継がないというのなら、この店舗はおれが貰《もら》い受ける。おまえたち一族にはとっとと出ていってもらって、好き勝手にやらせてもらうぜ」

「そんな……」

思わぬ不遜《ふそん》な発言に、美咲はかっとなった。

まるでなにか企《たくら》みでもあるかのような野心的な口ぶりだ。

「かりにもあんた、うちの花婿候補でしょ。跡をとる気が少しでもあるのなら、その自覚と責任を意識するべきだわ」

「おれは分店の体裁《ていさい》なんてはっきり言ってどうでもいい。現し世であろうと隠《かく》り世《よ》であろうと暴れる奴がいたら打ち負かすだけのこと」

弘人は傲然《ごうぜん》と返す。瞳《ひとみ》には剣呑《けんのん》な色が揺れている。

「じゃあ一生懸命《けんめい》このお店と家を守ろうとしてるおばあちゃんの気持ちはどうなるのよ！」

「そんなもの、おれの知ったこっちゃない。おまえだって、店なんかどうでもいいから跡をとる決心がつけられないんだろうが」

美咲ははたと口をつぐんだ。

（そうだ。なに言ってるんだろ、あたし）

跡を継がないという選択は、弘人の言うとおり、この店を閉めるか、ここを出ていくということだ。自分だって、同じことをハツにするつもりで迷っているというのに。

いつか運命の人と出会って、どこか知らない町にお嫁に行く。人間の子を産んで、ふつうの女としての人生を歩んでいきたい——それは、幼い頃からぼんやりと夢見ていたことだ。姉が嫁《とつ》がなければ、叶《かな》うはずだった未来。だからこそ、姉がいなくなってからも、ずっとあきらめられなかった。

けれど跡目が自分一人となってしまった今、妖怪の血をひく事実から目を背《そむ》けて暮らすその生き方は、店を見捨てるということ。くりかえし受け継がれてきたものを自分一人のわがままだけで放り出すということになるのだ。

そしてこのままいくと、先祖が培《つちか》ってきたなにもかもが、この傍若無人《ぼうじゃくぶじん》な発言をする男の手に渡ってしまう……？

美咲の胸の中に、家や店に対する愛着がふつふつと湧《わ》いてきた。それはこれまで意識したことのなかったものだ。

このままでは、いけない。こんな危険な男に好き勝手やられるわけには。

その思いはみるみるうちに熱く膨《ふく》れ上がり、はけ口を求めて美咲の喉元を一気にせりあがってきた。

「分かった！　あたし、この店を継ぐ。ずっとずっと、守っていくわ。あんたの好きになんて、絶対にさせないんだから！」

気づいたら、そんな言葉が口を衝《つ》いて出ていた。

すると、

「よく言った、美咲」

期せずして背後からパンパンと手を打つ音が聞こえ、美咲はぎょっとして振り返った。

ハツが縁側から笑顔でこちらを眺めている。

(なにっ、このタイミング……！)

「おばあちゃん、いつからそこにいたの」

「ああ。たったいまじゃ。わしはその言葉を待っていたぞよ」

ハツは急に頬《ほお》を引き締めて続けた。

「……美咲よ、わしももう歳だ。おまえさんに家督《かとく》を譲《ゆず》れるものならそろそろ譲りたいと考えていたところだ。ここでひとつ、未解決の事件をおまえに任《まか》せるから、一度、自分ひとりの力で捌《さば》いてみるといい」

「事件を、あたしひとりで？」

美咲は目を丸くする。いままで、大掛かりな事件はすべてハツの先導で片づけてきた。美咲は命ぜられるままに、ほとんど助手として動いていただけだ。

「そうじゃ。跡目のことはその仕事が片づいてから返事してくれればよい。ゆっくりじっくり考えな」

仕事を経験してみて見通しをつけろということなのだろうか。美咲は戸惑《とまど》いとともに、責任みたいなものが少なからずのしかかるのを感じた。

「で、それってどんな事件なの？」

美咲が尋《たず》ねると、

「これを見よ」

ハツは新聞を美咲に投げてよこした。今日の朝刊だった。一面の端には、ふたたび通り魔事件の見出しが載《の》っている。これで五件目だと――。

「どうして？　犯人は旧鼠《きゅうそ》じゃなかったの？」

美咲は愕然《がくぜん》と目を見開いた。

記事は、五件めの犯行もやはり闇夜《やみよ》の路地で二十一歳の女学生が被害にあったことを告げている。

「そのようじゃ。あるいは複数の犯行であったか……」

せっかく片がついたと思っていたのに、真犯人はべつにいたということだ。

こんなにも世間を騒がしている大事件なのに、この自分がたった一人で解決せねばならないのかと思うとひどく動揺する。

「あたし、いきなり無理だよ、こんな大きな事件……」

美咲は急に弱腰になって、力なくぼやいた。

犯人はなかなか尻尾《しっぽ》を出さない。たとえ尻尾を摑《つか》めたとしても、先日の旧鼠以上の大物が控《ひか》えているのかもと思うと恐ろしい。

のんきに現し世暮らしをしてきた美咲がこれまでに見聞きしてきた妖怪は、実在するもののほんの一部。実際には、現し世に伝承のないような未知の妖怪も山のように蠢《うごめ》いているのだ。

美咲の未熟な腕では、当然始末できないものもいるだろう。

「事件に大きいも小さいもない。西ノ区界で起きた事件はすべて、店主自身が責任をもって捌いてゆかねばならぬ」

「それはそうだけど……」

「店主になったら事件なんて選んでいられないぞ」

もっともらしく弘人が口を挟む。すでに、事情を知っていたという顔をしている。

（むむ……）

弘人に言われると、さっきまでの闘志がにわかに首をもたげてくるのが分かった。

そうだ、弱音を吐いている場合ではない。どんな相手も仕留《しと》められる立派な店主とならねば、この男に店をのっとられていいようにされてしまう。

美咲は鼻息を荒くした。

「いいわ、じゃああたしが片づける。この手で真犯人をとっ捕まえてみせるから」

俄然《がぜん》やる気になった美咲は、胸を張って声高《こわだか》に宣言してみせた。

「うむ。頼もしいことだな、美咲よ」

ハツは満足げに頷《うなず》いた。

「さあさ、客間の掃除は済んだから、ひとまず弘人殿を案内いたせ」

ふたたび手をパンパンと打って、ハツが美咲に命じる。

一瞬、弘人と目が合うが、美咲はつん、とそっぽを向いた。

「どうぞ。……こっちよ」

と膨《ふく》れ面《つら》のまま、はなれへと促《うなが》す。

「どうも」

弘人はなにやらとりすました笑みを浮かべてそれに付き従う。

第二章　裏町へ

1

空には厚い雲が広がり、ふたたび月の隠れる闇夜《やみよ》が訪れた。

弘人《ひろと》が来てから三日目の晩のことだ。

橘屋西ノ分店《たちばなやとりぶんてん》ののれんはすでに、日没とともに藍色《あいいろ》から朱色《しゅいろ》に変わっている。妖怪《ようかい》も来店する時間帯である。

美咲《みさき》は、拘留中《こうりゅうちゅう》の旧鼠《きゅうそ》に会うため、はなれにある座敷牢《ざしきろう》に向かっていた。

妖力を封じられているとはいえ、この旧鼠は衰弱《すいじゃく》の仕方が尋常《じんじょう》ではなく、体の一部が壊死《えし》を起こし、異臭《いしゅう》さえ放ちはじめているというひどい有様だった。病気なのかと問うても意地を張ってか、なにも答えない。

また、昨日の夕方、庭を掃き清めている最中に、はなれの高窓からバサバサッと黒い鳥が羽ばたいて去っていくのを見た。足の三本ある八咫烏《やたがらす》だった。隠り世《かくよ》に多く生息している鳥で、情報の橋渡しのため伝令に使役《しえき》されることが多い。

美咲はその後あわてて旧鼠を見に行ったのだが、あいかわらず陰気な表情でうずくまったままで、八呎烏に関してはなにひとつ口を割らなかった。

牢格子《ろうごうし》には逃走を阻止《そし》するための御封《ごふ》が貼《は》ってあったが、高窓にはなにも仕掛けていなかった。旧鼠が内側から呼び寄せたのか、あるいは何者かがここに探りを入れたのか。何度問いただしても、旧鼠は知らぬ存ぜぬを通しているのだった。

「絶食させて、しばらく様子を見ろ」

とは弘人の命令。ふつう、拘留中でも慈悲《じひ》で少しくらいの食べ物を与えてやるのだが、昨日から一滴の水もやらずに、顔色だけを見て圧力をかけている。

「干《ひ》からびて死ぬ前に、ぜんぶ白状したほうがいいわよ」

美咲は旧鼠の前で、店の棚《たな》から選んだミネラルウォーターをごくごくと飲んでみせた。こんなささやかな挑発にのって口を割るとも思えないけれど。

「仲間がいるんでしょ。一体なにが目的で人間を襲っているの？」

時間でも稼《かせ》ぐために、黙秘《もくひ》を続けているのだろうか。

今回の事件が、単なる摂食《せっしょく》行為だとは思えない。召《め》し捕《と》られてもなお八咫烏など使って外部と連絡をとりあっているところをみると、なにか一通りでない理由があるに違いないのだ。

どのみちこれだけの事件を起こしたのだから、高野山《こうやさん》送りは免《まぬか》れないだろう。

高野山――隠り世側の高野山一帯は、大きな罪を犯《おか》した妖怪を閉じ込めておく、人の世でいうと刑務所のような場所である。橋屋に雇《やと》われた見張り方によって四六時中監視《しろくじちゅう》されていて、刑期を終えるまで外へ出ることは許されない。

「なんとか言ったらどうなの」

美咲は旧鼠の狡猾《こうかつ》そうな細い目を見据《みす》える。が、

「橋屋に話す気はない」

旧鼠は、今日もざらりとした耳障《みみざわ》りな声で拒《こば》む。そのまま高窓を見やって、気味の悪い薄笑いを浮かべた。

今晩はまた闇夜だ。美咲の胸に、嫌な予感が広がった。


美咲はその後、夜時間の店番勤務のために裏町の住処《すみか》から出勤してきた雁木小僧《がんぎこぞう》を誘って、一緒に見回りに出ることにした。戻るまで、店のほうはもう一人の店員に頑張ってもらうことになる。

橋屋の店員のほとんどはヒトの姿に化《ば》けた妖怪で、こっちの世界に住み着いている者、隠り世から通う者、さまざまである。基本的にどの店員も、妖気に敏感で、悪行《あくぎょう》を働く妖怪に対抗できるそこそこの妖力、あるいは体術を備えている。ハツもしばしば店員をお供に連れて区界を巡回することがあった。

そのハツはというと、あれ以来、隠居《いんきょ》の練習などといって自室に引きこもりを決め込んでい

るので、助けはいっさい期待できそうにない。

跡を継いでみせる、などと勢いで啖呵《たんか》を切ったものの、のちのち後悔しそうで美咲は心もとなかった。自分は半妖怪だし、ふつうの人生への未練を完全に絶たぬ限り、中途半端《はんぱ》にしか店を守れないような気がするのだ。

（それに、この男……）

美咲は、見送るそぶりをみせながら、しっかりと業務を監視している弘人を睥睨《へいげい》する。

藍の万筋《まんすじ》模様の小袖《こそで》に墨色《すみいろ》の羽織姿が均整《きんせい》のとれた体軀《たいく》にしっくりとなじむ。

隠り世と現し世では文化が少々異なり、むこうの住人は概《がい》して和服姿の者が多い。弘人もここへ来たときは洋服だったが、ふだん実家では和服で過ごしているのだと聞きつけたゆりが夫の遺《のこ》した着物を好奇心で着せてみたところ、寸法がぴったりだった。本人も着物のほうが着慣れていて好みだというので、外出しない日は和服姿でいる。

彼の言う実家とは、隠り世にあるもの。物好きな先祖が、かつて平安《へいあん》時代に築かれた帝《みかど》の住居である平安京《へいあんきょう》の内裏《だいり》を模して、隠り世側の同じ場所に造り上げたお屋敷《やしき》のことで、裏町で〈御所《ごしょ》〉といえば、普通ここをさす。

橘屋の本店は京都伏見《きょうとふしみ》にあるが、店の近くに構えている橘家の家は仮の住まいにすぎない。

ハツ曰《いわ》く、彼らは裏町の〈御所〉で、たくさんの奉公人《ほうこうにん》にかしずかれて優雅に暮らしているのだという。裏稼業《うらかぎょう》のある店主たちの集《つど》う総会などが執《と》り行われるのも、この〈御所〉の一角である。

また、京の地に鵺《ぬえ》にまつわる塚《つか》や祠《ほこら》があるのはそこが鵺に縁のある土地柄《とちがら》である証《あかし》だ。『平家《へいけ》物語』に綴《つづ》られている、源　頼政《みなもとのよりまさ》を弓の名手として知らしめることとなった鵺退治のくだりなども御所が舞台だが、裏町のそこら一帯が鵺の棲処《すみか》であるがゆえに何らかの因果《いんが》が生じて事件が起きたと考えられる。

(それにしても。悔《くや》しいくらい、いい男)

一見、茶道《さどう》か華道《かどう》の家元の上品な坊ちゃんといった風体《ふうてい》。この男の正体が獰猛《どうもう》な牙《きば》を持った妖獣《ようじゅう》だとはまさか誰も気づくまい。

組織の基盤《きばん》を鵺で固め直したいという目的のためとはいえ、よくこんな分店の娘のもとへ、大事の息子を婿《むこ》に出す気になったものだわ、などと人ごとのように考えていると、

「なに?」

弘人が美咲の視線を受けて訊《たず》ねてくる。

「べつに。よけいな邪魔《じゃま》、しないでよね」

美咲は意地を張って、ついと顔を背《そむ》ける。

「好きにしろよ。おれはあくまで見ているだけの監視方だ。そのかわり、ありのままを本店に報告させてもらうからな」

本家の次男坊なので悪人であるはずはないのだが、先日の発言といい、美咲だけに見せるこ

の尊大な態度といい、どこかとらえどころがない。

彼はこの三日間、過去の業務日誌に興味がある、と書庫にこもって一日を過ごし、行儀よく食事——ゆりが仕事の時は美咲が支度するのだが、手料理に関しては何の感想も述《の》べず——に風呂《ふろ》を済ませ、そつなく生活している。おかげで初日に垣間見《かいまみ》せた彼の邪《よこしま》な思惑《おもわく》をハツに告げても、おまえさんの思い違いじゃ、のひとことで一蹴《いっしゅう》されてしまった。

「じゃ、行ってきます」

雁木小僧が弘人に向かって頭をさげ、ふたりは夜道を歩き始めた。


三月に入ってずいぶんと春めいてきたが、夜はまだ肌寒い。

空には雲が低くたれこめ、不吉な眺めだった。雨降りの前なのか、さきほどから湿りけをおびた風が繰り返し肌を撫《な》でている。いかにも出そう、と美咲は首をすくめた。

薄暗い小道を歩きながら、

「お嬢さん、ホントにあの本店の坊《ぼん》をうちに婿入りさせるんすか」

だしぬけに雁木小僧が訊《き》いてきた。

雁木小僧は数年前から酉ノ分店に雇われているどちらかというと小柄《こがら》で中性的な顔立ちの少年だが、実体は全身に若緑色の毛を生やした魚好きの妖怪である。人間よりの気さくな性質で、変化《へんげ》していれば、客あしらいの良いふつうの男子高生が小遣《こづか》い稼《かせ》ぎに夜間のバイトをしているふうにしか見えない。

「あんたのところまで伝わってるんだ」

「いっとき、裏町はその噂《うわさ》で持ちきりでした。オレぁ単なるホラだと思ってましたけどね」

「ヒロのこと、あんたはどう思う？」

「さあ。わかんねえや。あの人は妖気をあとかたもなくしっかりと消してますから。実体をこの目で見てみないことにゃ、なんとも」

あくまで妖怪的視点の回答である。

「そういえば、普段の気配はまったく人間そのものよね。初めて会ったときも、橘と名乗られなければ妖怪だとは気づかなかったわ」

美咲は妖気には鈍《にぶ》いほうだが、歩く妖気探知機である雁木小僧でさえ判《わか》らないのだから、それほど完璧《かんぺき》な変化だということになる。

「さすが本店のお方は、妖気《ようき》ダダ漏《も》れの雑魚《ざこ》どもとは格が違うっすね。まあ、雷神《らいじん》の神効《しんこう》を降ろせるくらいですから相当な器《うつわ》なんでしょうけど」

「なにそれ」

「知らないんですか？　橘の家が雷神から賜《たまわ》った霊験《れいげん》です。雷神の意思を体に呼び込むことで、とてつもない力を発揮するらしいですよ。鵺はもともと雷神の従類《じゅうるい》っすからねー」

「巫女《みこ》が自分の体に神を呼び込むかんじ？」

「まあ、そんなところっすかね。神効を降ろすには相当な妖力と修練がいるらしいです。なんせ護世神《ごせいしん》の一部を体に呼び込むわけっすから。それに見合った器でないと、たとえ降ろすのに成功したところで身が持たずに死んじまうんです」

護世神とは、万物組成の元素を司《つかさど》る神々のこと。すなわち地神《ちじん》・雷神《らいじん》・風神《ふうじん》・水神《すいじん》・炎神《えんじん》の五大神をいう。

雁木小僧は声をひそめた。

「橘の家はたしかそれで、息子をふたり亡くしてます」

「えっ、それほんとなの？」

美咲は目を見開いた。初耳だった。

「ええ。あの坊と本店店主である嫡男《ちゃくなん》の間には、まだ兄弟がいたはずなんです。だから坊は正確には次男じゃあないんですよ。でも、その間のお方たちは雷神の神効を受ける御身《おんみ》にいまひとつ預かれず、神効降ろしの最中にあえなく儚《はかな》い人になられたって噂っす」

「あんた、詳しいのね、雁木小僧」

「あー一応橘屋の店員っすからいろいろとねェ」

聞きたくないことまで聞こえてくるといったふうに、苦笑しながら人差し指で片耳をふさぐ。

(お兄さんを、二人も亡くしていたなんて)

胸が冷えるような事実だった。

そもそも、許嫁《いいなずけ》といわれたって、美咲は弘人のことをほとんど把握《はあく》していない。

たとえば彼も人間としての生活を装《よそお》っているのだから、ふだんは学校へ行っているはずだ。ひとつ年上というと高三で、いまは大学受験の時期。丸々一週間も学校をサボっているところをみると、もう合格済みなのだろうか。たいして会話も交《か》わしていないせいで、謎は多い。

分かっているのは実体が鵺であること、それに和服姿が無駄に似合うということくらいである。

「雷神か……。あたし、カミナリ苦手なのよね」

美咲は雁木小僧の話に思考を戻してぼやく。

幼い頃、近所の神社の古い大木に落雷するのを間近で見た。耳を劈《つんざ》く轟音《ごうおん》と、視界を奪う青い稲光《いなびかり》。あれが雷神の怒りなのだと、ハツから脅《おど》された。悪いことをすると、あれが自分の体に落ちて罰を受けるのだと。だからいまも、雷鳴の轟《とどろ》きや稲妻《いなずま》には、裁《さば》かれるような気がして身がすくむのだ。

「あはは。気をつけないと。あの人にヘタに逆らったら雷《かみなり》ドカーンですよ、お嬢さん」

雁木小僧が、鵺の持つ力をやっかむように言って笑う。

と、そのとき。

はっと雁木小僧が笑いをひっこめて、西の方角を仰《あお》いだ。

「あ……」

美咲にもその理由がなんとなくわかって、身をこわばらせた。

「出たのね？」

雁木小僧が、無言のまま、頷《うなず》いた。邪悪《じゃあく》な妖気が、どこかで発生したようだ。

風が、頬《ほお》を撫《な》でた。異形《いぎょう》の者の悪《あ》しき息吹《いぶき》が、夜気を震わせて伝わってくるような心地がした。

2

雁木小僧《がんぎこぞう》の読んだ妖気《ようき》を辿《たど》って現場に駆けつけたとき、そこでは若い男女が抱き合っていた。

美咲《みさき》はあわてて目を背《そむ》けようとしたが、よくよく目を凝《こ》らせば、それは睦《むつ》み合っているのではなく、男が一方的に女――美咲と同じくらいの背格好の少女――の体を抱きかかえているだけなのだった。

キイィィン――と耳の奥に強い圧迫感。

鈍《にぶ》い美咲にも肌で感じることのできるほどの、ただならぬ妖気だった。

住宅街の路地。街灯の明かりは届かない。家々の門灯《もんとう》がかろうじてあたりをぼんやりと照らしているといった状況。

（この男……）

人間ではない。おそらく少女のほうにその姿は見えていない。

頭部にそそり立つ二本の角《つの》、闇《やみ》の中でほの白くたなびく白銀の髪、ぞくりとするような美《び》貌《ぼう》。そしてさらに印象的なのは、暗闇で妖《あや》しく光り輝く真紅《しんく》の瞳《ひとみ》だ。血のごとく鮮やかな色をしている。男は、まぎれもなく妖怪《ようかい》なのだった。

「鬼族だ」

雁木小僧が言った瞬間、ずるりと少女の体が力を失って男から離れ、その場に崩れ落ちた。

暗がりの中に見た少女の顔に、美咲は蒼白《そうはく》になった。

「ユカちゃんっ」

倒れているのは同級生のユカだ。最近バイトで帰りが遅くなると言っていた。

美咲はあわててユカのほうに駆け寄った。ユカは失神している。三歩ほど隔《へだ》て、逃げも隠れもせずに悠然《ゆうぜん》とそこに佇《たたず》む鬼を、美咲はきっと睨《にら》みつけた。

「吾《われ》の姿が見えているのか」

鬼が言った。低く艶《つや》のある声だった。

「あんたが事件の犯人なのね」

美咲は、上着のポケットにしのばせてあった御封《ごふ》を三枚、即座に真っ向から放った。

同じ鬼族でも、天邪鬼《あまのじやく》とは桁違《けたちが》いの妖気である。

案《あん》の定《じよう》、鬼はしかと左手でそれを阻止《そし》した。一瞬、密度の高い妖力がかち合って黄金色《こがねいろ》の焔《ほむら》がたつが、あっけなく握り潰《つぶ》されて、掌《てのひら》の中で縮れて消えてしまう。

(御封がぜんぜん効かない……！)

美咲は目を瞠《みは》った。

「橘屋《たちばなや》、か」

御封でそれと気づいたらしい美鬼《びき》が、無表情のまま言う。

「そうよ！」

美咲は、内心おののきながらも毅然《きぜん》と胸を張った。

「ということは、貴様が妖狐《ようこ》の娘」

ここは酉《とり》ノ区界《くかい》だから、素性《すじよう》を言い当てられて当然である。

ひゅっと風を切る音がして、雁木小僧が鬼を狙《ねら》って鎖分銅《くさりふんどう》を放った。

鎖は御封を握り潰していた鬼の左手を捕らえるが、超人的な力で引っぱり返され、逆に雁木小僧のほうがずるずると地べたに崩れて腹ばいを強《し》いられる。

「雁木小僧！」

美咲は叫んだ。

鬼は器用に鎖に妖気を伝わせると、金縛《かなしば》りの法で雁木小僧の自由を奪った。

美咲は隙《すき》をついて、ふたたび御封で男を封じ込めようと踏み込んだ。今度は倍の枚数を使う。六枚。枚数を重ねればその分相手を封じる妖力も増す。

六枚ともなると、それなりに空気が揺れる。

だが、男はふたたび、それらすべてをいとも簡単に薙《な》ぎ払ってしまった。

ただの紙切れに戻った御封が、美咲の足元にむなしくはらはらと舞い落ちた。

「この程度の貧弱《ひんじゃく》な御封で吾を縛《しば》ることはできんぞ」

鬼は左手の鎖分銅も用なしとばかりに手放すと、口元に余裕の笑みを刷《は》く。

(この鬼、強い……)

異常な強さにうろたえていると、鬼は瞬時に間合いを詰め、次なる動きを封じるかのように、美咲の右手首を摑《つか》み上げた。

「いや……!」

蛇《へび》が巻きついたようなひやりとした感触。込められた容赦《ようしゃ》のない力に、美咲は思わず身をこわばらせた。

鬼の美貌が間近に迫った。整っているがゆえに凄味《すごみ》がある。闇夜に炯々《けいけい》と輝く不吉な眼光。

けれどそれは、近くで見ると息を呑《の》むほどに美しいのだった。

なんという深み。まるで紅玉《こうぎょく》のようだ。

「顔色が悪いな」

鬼が言う。冷えた夜風が、白銀の髪をひと房《ふさ》、妖《あや》しく揺らす。

次の瞬間、妖気を孕《はら》んだ鬼の手先が美咲の胸元あたりの空気を水平に切った。

「痛《いた》っ！」

ピシリと焼けつくような感覚に、美咲は顔をしかめた。

気づくと、鎖骨《さこつ》の下が真一文字《まいちもんじ》に裂けている。広がった襟《えり》のせいで、浅いが素肌に直接傷を受けた。

「お嬢さん！」

金縛りから逃れられぬ雁木小僧が背後で声を上げた。

切り口から血がじわりと滲《にじ》み出てくる。

「なにするのよ！」

美咲はしばし傷の痛みに気をとられていたが、やっとの思いで返した。

すると鬼はにやりと口角を歪《ゆが》め、荒い呼吸に上下する美咲の胸元に左手を伸ばしてきた。

(殺される――――！)

美咲は戦慄《せんりつ》を覚えて固まった。逃げようにも、強い妖気に気圧《けお》されて、凍りついたように身動きがとれない。膝《ひざ》が、がくがくと震えだす。

鬼は、傷口からいまにも滴《したた》りそうな血を荒々しい残酷な手つきで掬《すく》い上げた。

「いい色をしている」

赤く染まった指先をじっと眺めながら低くつぶやくと、その指の腹をゆっくりと、けれどしたたかに、美咲の口に擦《こす》りつけた。

冷たい指先が、唇《くちびる》にぬるりと血の色を残す。

「な、なんのマネよ……」

吐く息が震えた。

「あまりにも青白い顔をしているので、紅《べに》をさしてやったのだ」

鬼は酷薄《こくはく》な笑みを浮《う》かべてそう言った。

傷口がじんじんと疼《うず》き、鉄錆《てつさび》のような血の匂《にお》いが美咲の鼻先をかすめた。

美咲は歯を食いしばった。いいようにされている。弱った兎《うさぎ》を嬲《なぶ》る肉食獣のようだ。怒りと恐怖で背筋がわななないた。

と、そのとき。ふいに鬼が、注意をほかに奪われたように虚空《こくう》に目を泳がせた。

美咲も怪訝《けげん》に思いながら身構えるが、鬼が何に気をとられているのかは分からない。

その隙をついて、自力で呪縛《じゅばく》を解いた雁木小僧が、ふたたび鎖分銅を投げつけた。

「お嬢さんを放しやがれ」

しかし鬼はひらりと鎖をかわすと、これ以上の無益な戦いに興味はないといった体《てい》でそのまま地を蹴《け》って高く飛び上がった。

「天狐《てんこ》の血脈《けつみやく》、いずれ戴《いただ》くぞ」

鬼は謎めいた笑みを浮かべてそれだけ言い残すと、屋根を駆けて風のように消える。獣《けもの》でもないのに、すさまじい跳躍力だ。懸崖《けんがい》を跳ねて登る野性の猿《さる》のように俊敏《しゅんびん》な動きだった。

「どこの鬼っすかね？　あいつ」

雁木小僧が鬼の消えた方角を睨みながら固い声で言う。

「わからない……」

我に返った美咲は口元を拭《ぬぐ》い、あわててユカの体を抱き起こした。

「ユカちゃん！　ユカちゃん、しっかりして」

青ざめた顔。すでに意識はない。まさか、こんな身近な人にまで被害が及ぶなんて。

「救急車、呼ばなきゃ。あたしはユカちゃんに付き添って病院に行くから、あんたは先に店に戻って、おばあちゃんにこのことを伝えて」

「分かりました」

雁木小僧は頷《うなず》いて、踵《きびす》を返した。

美咲はケータイを手に119番をプッシュする。

不穏《ふおん》な妖気は、跡形もなく消えていた。

たったいまの出来事が信じられなかった。体の震えは、いまだにおさまらない。寒さからか、恐怖からなのか、もう分からなかった。

駅からとぼとぼと橘屋の前まで歩いてくると、弘人が駐車場の生垣のブロックに腰かけて待っていた。

「ごくろうさん」

「ヒロ……」

弘人の顔を見たとたん、なぜかどっと疲れが出た。

「また被害が。……襲われたの、友達だったの。犯人、角の生えた鬼族の妖怪だった。捕まえようと頑張ったんだけど、逃げられちゃって……」

ユカの意識はうっすら回復したものの、点滴を繋《つな》がれて絶対安静の状態だ。遅れて駆けつけたユカの両親と入れ替わって病院を出たので、会話も交《か》わしていない。

美咲は意気消沈《しょうちん》して肩を落とした。意気込んで出ていったくせにこの始末だから恰好《かっこう》がつかなかった。

「ああ。ちょっと厄介《やっかい》な相手みたいだな。えらい美鬼だったけど」

嫌味のひとつも言われるのかと思ったら、意外にも神妙な面持《おもも》ちで弘人は言い、腰を上げる。

「美鬼って、見てたの？」

美咲は目を丸くする。たしかに、容姿の美しい妖怪だったが。

「見てたよ。目目連《もくもくれん》の目を借りてね」

弘人は美咲の背中に回り、目の形をした物体をべろんと剝《は》がす。

目目連は荒れた家の障子《しょうじ》などに現れる無数の目の妖怪である。そのうちの一つを使役《しえき》して状況を透かし見ていたのだという。いつの間につけられたのか、ちっとも気づかなかった。

(見てたんなら、駆けつけてくれても良かったのに)

あのまま美咲や雁木小僧が鬼に殺されてしまう可能性だってあったのだ。もしそうでも、助けに来ないで、その程度の器《うつわ》だったと見限るつもりだったのだろうか。そして目論《もくろ》みどおり、店舗《てんぽ》乗っ取りに、ひとつ駒《こま》を進めたりして——？

しかしこれは美咲が任《まか》された仕事なのだから、人を当てにしてはならない。弘人のほうからも、監視のみに徹するとあらかじめきっちりと宣言されていた。

「すごく強い鬼だったわ……」

美咲は、鬼にも、弘人の行動にも冷え冷えとしたものを感じながらつぶやいた。

「そうだな」

瞬《まばた》きを繰り返す目目連の目は、御封の力を利用して、弘人の手のひらから静かに隠《かく》り世《よ》へと送り返された。

今日のことは、閻魔帳《えんまちょう》につけられてしまうのだろうか。思いのほか気落ちしていて、反発する気力もなかった。

「大丈夫か」

ふいに弘人が美咲の胸元に手を伸ばして、傷の具合を確かめるように指の背を這わせた。

いきなり素肌に触れられて、どきりとした。血はすでに止まっているが、切り口がかすかに熱を持ってひりひりと疼く。

「た、たいした傷じゃないから」

美咲は弘人の指先がもたらす緊張から逃れたくて、一歩退《しりぞ》いた。

「きちんと手当てしておかないと、痕《あと》が残るぞ」

「うん」

（心配してくれているのかしら？）

にわかに鼓動《こどう》が速まって、恥ずかしいやら情けないやらで頬《ほお》が染まるのが分かった。ここが表情のはっきり見られない薄暗い場所でよかったと美咲は思う。

「戻ろう」

弘人が身をひるがえし、屋敷《やしき》のほうに向かって歩き出した。

いまいち捉《とら》えどころのない弘人のふるまいに戸惑《とまど》いながら、美咲もその後を追う。

「あの鬼、あたしの血を見て、天狐の血脈だと言ったわ」

「ああ。言ってたな」

弘人は深刻な顔で頷く。彼も、それについてなにか考えを巡らしているふうだった。

鮮烈な赤い瞳が、美咲の脳裏《のうり》に焼きついて離れない。纏《まと》っていた妖気といい、あの身のこなしといい、鬼族の部類でも相当な手合いである。気がかりなのは、わざわざ言い残していった意味深長《いみしんちょう》なセリフだ。

——天狐の血脈、いずれ戴くぞ。

まるで、獲物《えもの》を狙う鷹《たか》のような眼《め》をしていた。あの眼には見覚えがある。そうだ、この前ハツと捕らえた旧鼠《きゆうそ》。あの旧鼠も、あんな眼をして自分を見ていた。威嚇《いかく》しながら品定めをするような、血も凍る残忍な眼差《まなざ》し。

「……で、天狐の血脈って、なんなのかな」

美咲の問いかけに、弘人ははたと足を止めた。

「はっ？　おまえがそれを訊《き》くのか」

「実は、ぼんやりとしか知らないの。えっと、うちの家系に時々出る、御長寿狐《ごちょうじゅぎつね》のことよね？」

「御長寿狐ね。めでたい言い回しだな、それは」

弘人が半ばあきれたようにため息をつく。

ハツの口から聞けと言われ、家に戻った美咲は、座敷《ざしき》で待つハツにことの顚末《てんまつ》を話して聞かせた。

「なんじゃ美咲、嫁入り前の体に傷なんかこしらえおって！」

すでに雁木小僧から事情を聞かされて待っていたハツは、美咲の胸元を見るなり開口一番にそう言った。

「阿呆《あほ》め。こんな傷物になっては弘人殿に申しわけがたたんわ」

「ちょっとしたかすり傷じゃないの」

美咲は弘人の顔をチラと窺《うかが》いながら口を尖《とが》らす。

弘人はもはや我関《われかん》せずといった感じで涼しい顔をしている。

「それより、天狐の血脈ってなんなの。おばあちゃん」

「うむ、敵の目的にはそれも含まれておるようだのう。……天狐とは千年を生きる狐のこと。我が家の誇り高き血統じゃ」

ハツは腰に手を当て、胸を張って言った。

「妖狐の寿命《じゆみよう》は他の獣型妖怪と等しくおよそ百年。ところが、稀《まれ》にそれを越して何百年も生きるものが現れることがある。それが、千里眼《せんりがん》さえ可能なほどの強い妖力をもつ天狐じゃ」

生まれた時点での見分けはつかないが、しだいに他をしのぐ強大な妖気を有するようになるのでそれと分かるのだという。

弘人が問う。

「九尾《きゆうび》の狐のことは知ってるだろ」

「ええ」

「あれも生まれた時はただの妖狐だ。百歳を超えてはじめて、尾の数が増えていく」

「へえ。あれってはじめから九本の尾が生えてるわけじゃないのね」

「そう。妖狐の尾は経《へ》た年月と、得た妖力によって数を増やしていくもの。だから、かの玉藻《たまも》前《まえ》も、魔道に堕《お》ちずにもっと長生きすれば、天狐になりうる資質のある者だったってわけだ」

「そういえば、うちは玉藻前と同じ血統だったわね、おばあちゃん」

玉藻前とは、白面金毛《はくめんきんもう》の九尾の狐である。平安《へいあん》時代末期、女官《にょかん》に化けて鳥羽上皇《とばじょうこう》の寵愛《ちょうあい》を受けて契《ちぎ》りを結ぶが、その後、上皇が病《やまい》に臥《ふ》せるようになったため、陰陽師《おんみょうじ》により正体を見破られたという傾国《けいこく》の美女である。その後、那須野《なすの》で捕らえられ、人を害する殺生石《せっしょうせき》なる毒石に姿を変えた——と、現《うつ》し世《よ》での伝承《でんしょう》はあまりよろしくない。

「そうじゃや。毛色は異なるが、あの者の血と源泉は同じ。天狐とはそこからさらに進化を遂《と》げてほとんど神の域に達したものをいう。故《ゆえ》に、天狐の存在は稀少《きしょう》で、隠《かく》り世《よ》でも神格化されておる」

過去に、美咲の先祖からその天狐が何体か出ているのだという。

「でも、どうしてあの男がその血をあたしに求めるの？　あたしは半分人間で、天狐とはほど遠いような感じだけど」

「意外なことに、天狐になったものの多くは、異類婚によってか、あるいは、その子供から生まれておるのだ」

ハツの言葉に、美咲は驚いて目を瞠《みは》る。異類婚とは、種族の異なる者同士が結婚することをいう。つまり、美咲の両親のように。

「じゃああたし、百歳以上生きて、天狐になるかもしれないってこと？」

「いまのおまえを見る限りそれはなさそうだが、おまえの産む子供がなる可能性は高いな」

弘人が慎重な面持《おもも》ちで言う。ハツも深々と頷いている。

「あたしが産む子……」

美咲ははたとお腹《なか》をおさえた。自分が、そんな畏《おそ》れ多いものを身ごもるかもしれないとは。にわかには信じがたい話である。

「後世に確実に天狐の血脈を残そうとする力が働くためだといわれておるが、委細《いさい》はわしにも分からぬ」

ハツが言い添える。

そもそも、人と妖怪とのあいだに子が生まれること自体が珍しい。ふつう、人と妖怪がまぐわうことはあっても、子までは生《な》さない。種族が異なれば受胎《じゅたい》も難しいのだ。

けれども母・ゆりには妖怪の子を宿せる特別な体質であったようで、奇跡的確率で姉と美咲の二人は生まれた。そしてここに、天狐の生まれやすい条件も出来たというわけだ。

「でも、天狐の子なんか手に入れたところで、どうしようっていうのかしら？」

実際に天狐に進化するのは、尾が分かれてさらに何百年も先の話である。

「わからん。それを突き止めるのがおまえさんの仕事じゃ」

ハツに言われ、美咲は神妙に頷く。

あの鬼の態度からすると、美咲に関しては、精気を奪う行為とは別に、あらかじめ思うところがあって目星をつけていたという印象だった。

「八咫烏《やたがらす》で旧鼠と繋《つな》がっていたのは、あいつかな」

「おそらくは」

弘人が頷く。

「精気のみならず、天狐の血脈も目的だと分かっただけでも一歩前進じゃ。……これ以上の被害はなんとしても阻止せねばならんな、美咲よ」

ハツが険《けわ》しい顔で言う。

そうだ。どのみちこの体が必要なのは間違いない。だからあんなふうに、殺すでもなく、ちょっかいをかけるようなマネにとどめたのだろう。

なにやらとほうもない事件に出くわしたという心境だった。天狐を産む――自分の体が秘めている可能性についても、頭では理解できたものの、いまいち実感が湧《わ》かない。

けれど、どんな事情であれ、これ以上自分のために他の誰かが犠牲《ぎせい》になってはならない。青ざめたユカの顔を思い出した美咲は、とても申し訳ない気持ちでいっぱいになった。

（今度こそ、絶対に捕らえなくちゃ）

あの鬼の、赤く冷たい眼を思うと背筋がざわめくが、美咲はあらためて気持ちをひきしめた。

3

ユカの入院から、具体的な対処ができぬまま、丸二日が経《た》った。

店員たちに鬼の人相を伝えて裏町で聞き込み調査をしてもらっているが、これといった情報は得られていない。

美咲《みさき》は、学校から戻るなり書庫にこもって、ハツがつけていた業務日誌などをあてもなく捲《めく》っていた。

「精が出るな。早々に音《ね》を上げると思っていたのに」

ふらりとやってきた弘人《ひろと》が、戸口の柱に背を預けて美咲を眺める。

「あたしが一番の原因かもしれないのよ。友達まで被害に遭《あ》わせて。……それに、店を継ぐなら音なんて上げてられないでしょ。あんたはいいわね、呑気《のんき》に高みの見物で」

言ってしまってから、兄を亡くしているという話がチラと脳裏《のうり》をよぎった。彼なりに、今も背負うものがあるに違いないが、目の前の涼しげな表情からそれを窺《うかが》い知ることは出来ない。

「まあね。それより裏町の御魂祭《みたまさい》に行かないか」

「御魂祭？」

美咲は弘人を仰《あお》いだ。

「今晩の見回りは引き受けてやるから、息抜きにふたりで行ってこいとハツさんが」

弘人はそう言って表情を少し和《なご》ませる。

御魂祭は、現《うつ》し世《よ》から送られた霊魂《れいこん》が隠《かく》り世《よ》に解き放たれる祭事である。現し世では百鬼夜《ひやっきや》行《ぎょう》の日がこれにあたる。正月と二月は子《ね》の日、三月と四月は午《うま》の日……などと決まっており、むかし現し世では、その夜は妖怪が出やすいというので、家にこもって静かに過ごす習慣があった。

美咲は小さい頃に、ハツに連れられていったことがある。姉や、同じようにこっちの世界で暮らす妖狐《ようこ》の子らと一緒に。大路《おおじ》小路《こうじ》に露店《ろてん》が並び、浮かれた妖怪《ようかい》があちこちで乱痴《らんち》気《き》騒《さわ》ぎをする。うっすらと残っている記憶が妙に懐《なつ》かしくて、美咲はちょっと微笑《ほほえ》んだ。

弘人と自分をくっつけようというハツの下心が見えないでもないが、事件にはたしかに行き詰まりを感じていたところだから、ちょっと気分転換に出かけてみるのもいいかもしれない。

ゆりに相談してみると、二つ返事で承諾《しょうだく》し、小袖《こそで》の用意までしてくれた。桃色の綸子《りんず》地《じ》に唐《から》花《はな》模様の散らばった女らしい柄《がら》ゆきだった。

「よし。馬子《まご》にも衣装じゃな。これなら弘人殿の男心を引くことうけあい」

着付けを手伝ったハツが、姿見の美咲を覗《のぞ》き込んで満足げに太鼓《たいこ》判《ばん》を押した。

「べつに気なんか引けなくたって」

「なにをつんけんしとるのだ、美咲。女は愛嬌《あいきょう》だぞ。愛嬌。弘人殿の婿《むこ》入りは、うちにとって決して逃してはならぬ僥倖《ぎょうこう》。酉《とり》ノ分店《ぶんてん》の繁栄のためにも、誠心を尽くして添《そ》い遂《と》げねばならぬ」

「ええ、そのとおりね。でもいきなり恋をしろだの結婚しろだのって指図されてもね」

「はん。昔はみんな、そうして顔も知らない男のもとへ嫁《とつ》いだもんだ。やっちまいな。一晩いっしょに過ごしゃ、情も湧《わ》くってもんさ。いまならちょうど一つ屋根の下じゃ」

「おばあちゃん、そう身もフタもない言い方するのはよしてください」

ゆりが苦笑しながらたしなめる。

「そうよ、どこに夜這《よば》いを勧《すす》める家族がいるってのよ。まったく、もう」

美咲が頰《ほお》を赤らめてむくれた。

ハツは乾いた咳払《せきばら》いをひとつし、

「まあ、とにかく弘人殿に失礼のないようにするのだぞ」

しかと念を押して座敷《ざしき》をあとにする。

「弘人くんを呼んでくるわね。父さんのとっておきだった御召《おめし》を着せてみたんだけどぴったりだったのよ」

ゆりもうきうきした顔で座敷を出ていった。

橘屋《たちばなや》の前身は小間物屋《こまものや》だという。

鵺《ぬえ》が現し世と隠り世の境《さかい》の番人をつとめるよう雷神《らいじん》の神効《しんこう》の恩頼《おんらい》にあずかったのは、はるか昔、平安《へいあん》時代初期の頃。当時は、悪事は物《もの》の怪《け》の仕業《しわざ》、災《わざわ》いが起きれば鬼や天狗《てんぐ》の仕業だと囁《ささや》かれ、宮中に陰陽師《おんみょうじ》が召し抱えられて、政《まつりごと》にも強大な影響を与えていた時代だった。

鵺は、腹心《ふくしん》として足の速い十二匹の獣型《けものがた》の妖怪を選んで橘屋を組織化した。妖狐《ようこ》の一族である今野家《こんのけ》が腹心のひとりに数えられ、酉ノ区界の治安を任されて破魔《はま》の力を授かったのもその時だ。

橘屋への忠誠心と破魔の力は、これまで途切れることなく父の代まで守り抜かれてきた。そうして先祖代々、脈々と受け継がれた使命を、自分たちの代で放棄《ほうき》するわけにはいかない。母ゆりはともかく、ハツはなんとしてでも店を存続させ、酉ノ分店をきりもりする妖狐としての威厳《いげん》を保ちたい一心なのである。

ここに残った孫として、そんなハツの思いを無下《むげ》にするのは心苦しい。

けれど跡を継げば、妖怪まみれの生活と、それにあの男との結婚がもれなくついてくることになる。

ずっと人間寄りの生活をしてきたから、自分はそのまま人間の男の人とふつうに恋をして結婚をするものとばかり思っていたのに。

(問題は妖怪云々《うんぬん》じゃなくて、向こうがあたしをどう思ってるかってことよね)

そう。お家のためとはいえ、愛のない冷めた結婚をするなんて嫌だ。

一人になった美咲は、姿見の前でもういちど振り返り、すっきりと締められた帯と、少し華やかにまとめられた髪の具合を見直した。

和服姿になると、自然と楚々《そそ》としてしとやかな気持ちになる。

「似合ってるよ」

ふいに、縁側のほうから声がして、美咲は振り返った。

美咲はどきりとした。いつの間にか、中庭に弘人が立っている。

「ありがとう」

思いがけなく素直に褒《ほ》められて、美咲は少しはにかんだ。

濃紺の紋御召《もんおめし》を着流した弘人は、あいかわらず雅《みやび》やかで様になっていた。彼の視線はまっすぐ美咲に注がれているが、なにを考えているのかいまいち摑《つか》みきれないその涼やかな表情が、美咲を落ち着かなくさせた。

（なんだろ。どきどきする……）

胸がいつになくざわついていた。

美咲は強い緊張を覚えながら、縁側の踏み石の上にきちんと揃《そろ》えられた下駄にそっと足を伸ばす。

ふたりは、裏町に行くために、橘屋の店内左奥にある襖《ふすま》へと向かった。

ヒトには見えない敷居《しきい》を一歩またげば、漂う雰囲気《ふんいき》ががらりと変わった。

ひんやりと湿った、洞窟《どうくつ》の中のような空気にすうっと身を包まれる。

夜の海のように広がった暗い空には、紅蓮《ぐれん》の弓張月《ゆみはりづき》がかかっている。この月の燃えるような色は、隠り世の象徴だ。

妖怪はたいてい夜間に活動する。人が陽《ひ》の光を好むように、妖怪たちはこのくすんだ月明かりを好んで暮らしている。夜空に星はない。ただ月だけが満ち欠けを繰り返し、時の流れを数えている。

美咲が裏町に来るのは、しばらくぶりだった。ハツに無理矢理付き合わされることはあっても、自分からここに来たことはない。現し世の暮らしに慣れている美咲には、この夜明け前とも宵闇《よいやみ》ともつかない奇妙な薄闇《うすやみ》の世界にはいまだに馴染《なじ》むことができない。

西ノ区界の大路小路には大勢の妖怪がひしめいていた。

人型のもいれば、美咲の知らない顔かたちのものもたくさんいた。

威勢《いせい》のいい売り声、食べ物の焦《こ》げる香ばしい匂《にお》い、お腹《なか》をすかせた子妖怪のねだり声。道に沿って等間隔に並んだ鬼火《おにび》が、露店と行き交う妖怪を幻想的に照らし出す。

美咲の緊張は続いていた。それが慣れない裏町にいるせいなのか、弘人とふたりきりで歩いているせいなのか、どっちか分からなかった。

祭りの賑《にぎ》わいの中に入ると、楽しい世界が広がっていた。露店に並ぶのは妖怪向けの珍味の数々、見たい夢の見られる葉巻、金色や銀色のまばゆい美酒など、風変わりなものばかりである。

美咲は、見世棚《みせだな》に並んだ子守道具だという掌《てのひら》サイズの巻貝に興味をひかれ、そのひとつを手にとってみた。耳に当てると、さざ波の音ではなく、赤ちゃんのくしゃみのような、かわいい音が聞こえた。美咲はそれがおかしくて、緊張を忘れて、ひとりで何度も耳元で振り鳴らしてはしゃいだ。

弘人がその姿を微笑しながらじっと見ていた。目があって、子供みたいなことをした、と恥ずかしくなり、美咲はあわててそれを元に戻した。

「欲しかったんじゃないの？」

弘人が訊《き》いた。

「ううん、いいの。現し世に戻ったら、ただの貝殻《かいがら》になっちゃうって知ってるから」

小さい頃、経験した。光る石も、虹《にじ》のような七色を出す不思議な筆も、襖《ふすま》を越えたらただのガラクタになるのだ。

ふたりはまた、そぞろ歩きをはじめた。

「ここは現し世だと、どのあたりなのかしら」

美咲はあたりの景色に目をやりながら問う。

「まだおまえの家から、そんなに離れてないぞ」

現し世と隠り世（裏町）は表裏を成《な》していて、地形はまったく同じである。

有史以前の太古《たいこ》の昔、ヒトも、もともとは妖怪の一部で、隠り世に存在していたのだという。

けれど、他の種族にくらべて柔和《にゅうわ》で温厚な性質であった人間は、この妖怪たちも含んだ弱肉強食の世界ではあまりにも非力だった。そこで護世神《ごせいしん》が隠り世をもとに、新たに派生させたもうひとつの世界――現し世に移り棲《す》んでいくことになったのだ。比較的穏《おだ》やかな性質の虫や動物たちも、このときに一緒に移っていったのだという。

「でも、どうして現し世にある建物が裏町にもあるのか不思議だわ」

本区界の〈御所《ごしょ》〉をはじめ、三大神宮や出雲大社《いずもたいしゃ》から、地方の氏神《うじがみ》を祀《まつ》る小さな御宮《おみや》に至るまで、古くからある神社仏閣、城などはほぼ同じ場所に似たような眺めで存在している。現し世とは、さながら写し世なのである。

「妖怪のほうが真似《まね》たんだよ。霊的なものを二つの世界に存在させることで、繋がりやすくした。妖怪たちはヒトの霊魂《れいこん》を食うために、よりたくさんの出入り口を開きたかったんだ」

そうしてかつては様々な建造物内に、出入り口が存在していた。

しかし棲み分けがなされたにもかかわらず、現し世で狼藉《ろうぜき》をはたらく妖怪が後を絶たず、それを取り締まるために、雷神が従類《じゅうるい》であった鵺《ぬえ》に神効を授けた。これが橘屋の起こりである。橘屋が活動をはじめてからは、多くの出入り口が閉ざされた。現在は、橘屋の襖と、鳥居《とりい》で繋がっているのみとなったが、鳥居の方は橘屋が錠《じょう》をかけている。錠前は年月と共にほころびが生じるので、それを見回るのも橘屋の仕事である。

「あら、橘屋の若旦那《わかだんな》」

目鼻立ちのくっきりと整った、妙齢の艶《あで》やかな和服姿の女が屋台の前で弘人を呼び止め、ふたりのもとへやってきた。

弘人は橘屋本店の次男坊として顔が売れているようで、こんなふうにほうぼうで声がかかる。

女は頬《ほお》に、紫色《むらさきいろ》の不思議な紋様の刺青《いれずみ》をしていた。胸元は白粉《おしろい》をはたいたように白く、蹴出《けだ》しの裾《すそ》から、なまめかしい素足がのぞく。

「ああ、雨女。ちょうどよかった、仕事の話があるんだ」

弘人は親しげに返した。知り合いのようだ。

「この頃ちっとも来てくれないから、寂《さび》しかったのよう」

雨女はやや掠《かす》れた甘ったるい声で言って、弘人の首筋に、白い腕を抱きつくように絡《から》ませた。

美咲はそのいきなりの馴れ馴れしい仕草に、軽く目を見ひらく。

「この子はなあに？」

ふと、隣にいた美咲に、道端《みちばた》の草花でも見るかのような視線をくれる。

美咲は思わず目をそらして身をこわばらせた。

「西ノ分店の跡取り娘だよ」

弘人が答えた。

「ヘエ。例の婿《むこ》入りの噂《うわさ》は本当だったんだ」

雨女は弘人に抱きついたまま、じろじろと無遠慮に美咲を眺める。

「まだ正式に決まったことじゃない。いいかげんな情報流さないでくれよ」

弘人が言った。事実なのだが、わざわざ目の前でそんな断りを入れられると少し傷つく。

「うふふ。それって御破算《ごはさん》になる可能性もあるってことね。興味深いわ」

雨女は耳元で囁くように言って含み笑いを漏《も》らし、豊満な胸を弘人の胸板に押しつける。

(なに、このいやらしい感じ……)

美咲は媚態《びたい》をつくる雨女にも、あえてそれを拒《こば》まないでいる弘人にも妙な苛立《いらだ》ちを覚えた。

それからふと、見せ棚に並べられた人差し指ほどの小さな木製の笛に目を留めた。

「これ、なに?」

美咲が尋《たず》ねると、雨女が答えた。

「祈《き》雨《う》ノ笛よ。お座敷《ざしき》にだって雨を呼べるの。たとえば恋人同士の逢瀬《おうせ》を雨で台無しにしたい夜にひと吹き、いかが?」

「欲しい？」

雨女にくっつかれたままの弘人が美咲に視線を送る。

「いらない、そんな腹黒いの」

美咲は不快もあらわにぷいと顔をそらす。

「ふふ。いいのよ。この笛はどうせ女のいうことなんか聞かないんだから」

雨女はそう言って、いかにも好色そうで高慢な笑みを浮かべる。

「それより仕事の話だ」

「そうだったわね。なあに？」

仕事と聞いて、雨女は弘人から離れ、襟元《えりもと》を正す。

「二日ほど前に、旧鼠《きゆうそ》が酉ノ分店にしょっぴかれた。以前から酉ノ区界で起きていた若者の精気を奪う事件の犯行現場をとり押さえられたんだ」

「聞いてるわ。生身《なまみ》の人間に手を出すなんて、お鼠様《ねずみさま》もヤキが回ったわね」

雨女は鼻で笑う。

「ところが妙な奴《やつ》でさ。いまは牢屋《ろうや》に入ってるんだが、妖気が強くなったり弱くなったりとムラがある。おまけに体が日に日に腐《くさ》ってゆくという有様だ」

ここ数日で、衰弱《すいじやく》と腐敗《ふはい》がいっそう進んでいる。

「座敷牢の御封《ごふ》がきつすぎるんじゃないかしらね？」

「そんなことはない。どこからか八咫烏《やたがらす》まで呼び込んだ。旧鼠に関して、なにかおかしな噂を耳にしたことはないか？」

「ふゥん。いまのところ何も聞いていないけど。ちょいと探りを入れてみてもいいわよ」

「じゃあ、急ぎで頼むよ。闇夜のたびに、被害が出ていて厄介《やっかい》なんだ」

「で、お金《アシ》はいかほど積んでくださるのかしらん」

「手柄《てがら》次第で弾《はず》むけど。いくら欲しいの？」

「そうねえ。これでどう？」

雨女はふたたび色っぽい仕草で弘人の耳元に口を寄せると、美咲のほうに一瞥《いちべつ》をくれながら何ごとかひそひそと囁いた。

「相変わらず抜け目ないね」

弘人は苦笑しながら頷《うなず》くと、雨女から離れて別れを告げた。

「ずいぶんと親しげなご様子」

美咲は歩を進めながら、少々膨《ふく》れ面《つら》で言う。雨女の態度が妙に癪《しゃく》に障《さわ》るのだった。

「妬《や》いてんの？」

「べつに」

美咲は、この不快さはなんなのかしらと自分でも疑問に思いながら返す。

「あいつは裏町の情報屋の一人だよ。機嫌《きげん》を損ねたらガセネタを掴《つか》まされる。……現し世で起きる事件は裏町と繋がりの深いものも多いから、できるだけたくさんの妖怪と顔なじみになって、いざというときはそいつらの手を借りるんだ。そうすれば事件も早く捌《さば》けるだろ」

「ふうん、情報屋さん……」

弘人も事件が片づくように協力しはじめてくれているのか、と美咲は思う。

「ただし相手の見極めは慎重にな。妖怪にもいろんな奴がいるから、うかうかしてると割を食う」

と、弘人が言い添えたとき、

「おーい、弘坊《ひろぼう》」

頭上から陽気な声がふってきた。

仰《あお》ぐと、二階の障子戸《しょうじど》の桟《さん》に行儀悪く腰を預けた二〇歳《はたち》すぎばかりの青年が、こちらを見下ろしていた。

「よう」

弘人は手を挙げて挨拶《あいさつ》を返しておきながら、

「面倒な連中に見つかった」

と舌打ちしながらぼやいた。

「誰なの？」

「酒天童子《しゅてんどうじ》だよ。おいで」

「酒天童子……」

大江山《おおえやま》に棲んでいるという名高い鬼である。

のれんをくぐる弘人について、美咲も酒房《しゅぼう》の中へと入っていった。

4

酒房《しゅぼう》は一階が酒を売る土間と厨《くりや》で、二階の座敷《ざしき》が飲《の》み処《どころ》になっていた。

玄関の大戸の前には巨大な酒林《さかばやし》がぶら下がっている。他の店と同様に趣《おもむき》のある木造の古めかしい建物で、屋号は『八客《はっかく》』とあった。

二階に上がると、大勢の客で賑《にぎ》わっていた。四つある座卓《ざたく》は、大小さまざまな妖怪《ようかい》で埋め尽くされ、強い酒の香りと、うまそうな炙《あぶ》り物の匂《にお》いがたちこめていた。

「こっちだ」

窓辺《まどべ》の宴席《えんせき》から、酒天童子《しゅてんどうじ》が二人をさし招いた。

(この人が酒天童子……)

弘人《ひろと》より若干背丈《じゃっかんせたけ》がある。赤毛の蓬髪《ほうはつ》を適当に後ろで括《くく》り、顔立ちは野性的な美しさに満ちている。引き締まった逞《たくま》しい体躯《たいく》を、きらびやかな和装仕立ての装束《しょうぞく》で包んだ威風堂々《いふうどうどう》たる佇《たたず》まい。

童子といえど、齢《よわい》は数百を越している。八岐大蛇《やまたのおろち》と人間の娘との間にできた子であり、三つの頃から酒を飲んでいた、貴族の女をさらって自分の根城《ねじろ》にはべらせ、喰《く》っていた、京《きょう》の都を荒らすので、源頼光《みなもとのよりみつ》一行に退治された等《など》、現《うつ》し世《よ》に遺《のこ》されている伝承《でんしょう》はあまりにも多い。

「誘いに乗ってこないと思ったら、今日は女とお忍び歩きだったか」

酒天童子は美咲《みさき》と弘人の顔をかわるがわる眺めて笑う。そういう目で見られるのが、なんだか気恥ずかしくて、美咲は俯《うつむ》いた。

「おぬし、何か匂うのう」

酒天童子の背後からぬっと立ち上がった、伏目がちな黒装束の大男——大座頭《おおざとう》が美咲に鼻をよせて言った。

「お風呂《ふろ》ならちゃんと毎日入ってます……」

美咲は迷惑《めいわく》そうに眉《まゆ》をひそめる。

「この匂いは、もしや人間か」

「なんで人間の女なんか連れてんだ、おまえ」

「掟破《おきてやぶ》りもはなはだしいな、ヒロ」

妖怪たちが口々に言う。好奇の目に取り囲まれた美咲は、怯《おび》えたように首をすくめた。

「半分はかろうじて妖怪だ。酉《とり》ノ分店《ぶんてん》の娘」

弘人が美咲の肩をもつように言ってざわめきを一蹴《いっしゅう》したので、美咲は少しほっとした。

「ああ、おまえがハツ婆《ばあ》んところの二ノ姫か。一度見に行こうと思ってたぞ」

酒天童子が興味津々《きょうみしんしん》に美咲の顔をじっと覗《のぞ》き込んできた。

「今野《こんの》美咲です。よろしく」

美咲は緊張しながらおずおずと頭を下げた。

「こいつは酒豪《しゅごう》で女たらしの外道丸《げどうまる》こと酒天童子、こっちは本店の技術集団の一人、覚《さとり》。それから――」

弘人は端から順に集まった妖怪たちを紹介してゆくが、とても覚え切れない。

「ささ、こっちに座って。まずは一献《いっこん》」

急きょ二人分の席が設《もう》けられて、腰を下ろすなり、酒のなみなみと注《つ》がれた猪口《ちょこ》が鼻先に差し出された。よその席からも見慣れぬ妖怪たちがどかどかとやってきて、美咲の顔を物珍しそうに覗き込んでくる。

「あたし、お酒飲めない。っていうか、まだ未成年だし」

「どこの法律だよ、それ」

弘人が吹き出した。

「ここは裏町だから補導なんてされませんよ」

向かいに座っていた覚が笑う。覚は人の心を見透かすといわれる妖怪である。〈御所《ごしょ》〉仕《づか》えであるという彼は、肩まで流れる艶《つや》やかな乳白色《にゅうはくしょく》の総髪《そうはつ》に、知的で柔和《にゅうわ》な面立《おもだ》ちをしている。

「でも、酔っ払ったら怖いわ。このお酒、なんだか危険な香りがする」

美咲は鼻をひくつかせる。甘いような、脳髄《のうずい》をしびれさすような不思議な匂いがした。

「これは魂魄《こんぱく》を醸《かも》した霊酒だ。うまいぞ」

猪口に口をつけながら、酒天童子が笑う。

美咲は耳を疑った。人間の魂《たましい》を酒にして飲んでいるというのか。

「飲め」

「あの……え、遠慮させてください」

固い笑みを浮かべつつ、美咲は首を横に振った。

「ちょっと飲んでみたら。霊酒はおれたちが体を維持《いじ》するのに最適なものだぞ。現し世暮らしをしているとどうしても人間寄りの食事になるからな」

横から弘人が言う。

「ああ、だから裏棚《うらだな》からもよくお酒が売れてゆくのね」

手っ取り早く妖怪の体に必要な養分が摂取《せっしゅ》できるというわけだ。

けれど美咲は、そんな不気味なものを飲む気にはとてもなれなかった。

「ハツ殿は元気か？　そういえば、酉ノ分店は跡目がいないとかでもめておったが、おぬしが正式に跡目に決まったのかのう？」

大座頭が思い出したように言った。

「はい。一応あたしが……」

ハツはまだ、返事を待ってくれてはいるが。

「しかし、半分人間のおまえさんに店主が務《つと》まるのか。半妖怪の店主など、前代未聞《ぜんだいみもん》だぞ」

屈託《くったく》のない陽気な口調で酒天童子が言う。悪意はない。それは分かるのだが、ぐさりと心に楔《くさび》を打ち込まれた心地がした。

「確かに、人間は脆《もろ》い。とって喰《く》われぬよう気張らねばならぬな」

他の妖怪たちが、非難めいたことをおのおの口にして頷《うなず》く。

「おまえは、橘 屋《たちばなや》の存在理由を知っているか?」

猪口をあけた弘人に酒を注ぎながら、酒天童子が真顔で問う。

「現し世で悪さをする妖怪を懲《こ》らしめるためでしょ」

「なぜ懲らしめねばならん?」

「人間を護《まも》るため」

「ハハハ。現し世育ちの口ならそういう言い分が出てくると思った。そうだ。いかにも橘屋は人を妖怪から護っているように見える。しかし残念ながら、人間の魂や肉体は我らにとっては貴重な糧《かて》。橘屋が護りたいのはその糧の部分にすぎん。人間の営《いとな》みを護ることで、自分らの食糧を確保しているだけなんだぞ」

人が、生きるために豚や魚の肉を食するのと同じように、妖怪も人を喰う。人がいなくなっては、妖怪も主《しゅ》たる食餌《しょくじ》を失って存続が危ぶまれる。そうならぬよう、人獣にいたずらに手出しする輩《やから》を橘屋が懲らしめているというのだ。

「極論すぎる」

弘人が隣で苦笑する。しかし、あながち嘘《うそ》でもないという面持《おもも》ち。

(食糧を守るため……？)

美咲は酒天童子の不穏《ふおん》な発言に複雑な思いを抱《いだ》き、いささか眉を曇《くも》らせる。

覚が言葉を継いだ。

「理由はほかにもあります。隠《かく》り世《よ》の存在を、現し世に知られないようにせねばならない。……妖怪によって喰われて昇天した魂魄は、やがてふたたび血肉を得て地上に戻ってくる。二つの世界はこの巡りで繋《つな》がっています。ところが妖怪を野放しにしていると、争いが起きやすくなって、巡りの均衡《きんこう》が崩れてしまうのです。そうなると護世神《ごせいしん》の怒りに触れて大規模な天変地異を招く羽目になる。それだけは絶対に避けねばなりません」

橘屋は、争いの火種を消すことで、二つの世界の均衡を保っているのだ。

「いずれにしても、橘屋は決して人間の味方をしているわけではない。もし人間が隠り世を侵《おか》すような事態がくれば、人間を成敗《せいばい》する側にも回るっつーことだ」

酒天童子は腕組みして美咲を覗き込む。

「なあ、分店の姫よ。この先もし俺たち妖怪が人と争うような日が来たらどうする。おまえはどちらにつくのだ？　橘屋のしきたりに従って、人間を手にかけることがおまえさんに出来るのか？」

「そ、それは……、どっちにつくとかはまだ……」

考えたこともない。

美咲は言葉を詰まらせた。

「ハツ婆には、そのへん、どのように仕込まれているんだ？　おまえの志《こころざし》を聞かせろ」

酒天童子は酔顔《すいがん》ではあるが、射《い》るような目で美咲を見ている。彼だけでなく、その場を囲む妖怪たちの視線が、いっせいに美咲に注《そそ》がれている。

店主としての覚悟を問われているのか。

人間の立場で物を言っては、ここでは間違いになるのだろうか。

（どうしよう……）

美咲は帯で締めつけられた背中にじっとりと冷や汗の滲《にじ》むのを感じた。

弘人も返答に窮《きゅう》する美咲をじっとみつめている。なにか助け舟を出してくれてもいいのに、弘人自身もその答えを待つかのように口を引き結んだまま、黙って会話のなりゆきを見守っている。

考えてみたら、彼も隠り世側の者だ。半分とはいえ人間の血を宿しているのは自分だけ。なんともいえない疎外感《そがいかん》を覚えて、美咲はますます言葉が出てこない。

けれど、いつまでも黙っていても仕方がない。美咲は腹の底に力を込め、毅然《きぜん》として言った。

「人間が妖怪のごはんとしてしか存在していないなんて思ってない。だから、あたしが橘屋として妖怪を退治するときは、人の命のためにそうするのだと思う。でも、だからって、妖怪を傷つける人間を見逃すつもりもないわ」

人は妖怪に喰われるために存在するのではない。それだけは心から思っていることだから、強く発言することが出来た。どっちにつくかという答えは、まだ出せないけれど。

妖怪からは糾弾《きゅうだん》されるべき、人間的発言だったか。この結局中途半端《はんぱ》な立ち位置は、分店店主としてふさわしくないのだろうか。場が一瞬白《しら》けたように静まり返って、美咲はごくりと唾《つば》を呑《の》んだ。

が、

「うむ。いいぞ。主張の出来る女はいい。玉藻前《たまものまえ》のように、帝《みかど》さえもひざまずかせる気骨《きこつ》のある女になれ」

酒天童子が声高に言って快活《かいかつ》に笑うと、みなも声を立てて笑いだし、再びざわめきが戻った。

酔っ払っているのか、深くものを考える者がいないのか、ひとまずそれ以上は突っ込まれずにすんだ。新しいにごり酒が運ばれてきたため、じきに話題がそっちにそれて、美咲はほっと胸をなでおろした。

にごり酒は、いっそう香り高い。妖怪たちはみな、それを浴びるように飲む。

酒天童子などはもう、息をするように飲むわ飲むわ、銚子《ちょうし》があっという間に空《から》になる。

美咲はその豪快な飲みっぷりに驚嘆《きょうたん》する。

「さすがっ。すごい早さで空《あ》けるわね、酒天童子は」

「手も早いから気をつけろ」

と弘人。

「おいおい、そんな節操《せっそう》なしみたいに言われたくねえな、連れの許嫁《いいなずけ》にまではさすがに手ェ出さねえぞ俺様は」

美咲は一瞬どきりとした。ここにも婿入《むこい》りの噂《うわさ》は届いているようだ。

「まだ許嫁になってないわ」

美咲は今度ばかりは先んじて自分から明言した。弘人に言われるより前に。

「でもお上《かみ》はそのおつもりのようです。いずれ異種族の経営する分店に婿入りさせると」

橘屋の事情に通じている覚が言う。

(異種族の経営する分店……それって他にも婿入りするアテがあるみたいな言い方じゃない)

正直気になるところだが、いまここでつまびらかにする気は起こらなかった。どうも結婚話に関しては弘人にすかした態度をとられているので、こちらもあまり関心を持っていると思われたくない。

「ヒロもお酒、強いの？」

はじめは舌打ちなんかしていたくせに、客と戯言《たわごと》を言い合って酒を酌《く》み交《か》わす弘人はけっこう楽しそうだった。

酒天童子が言う。

「ああ、こやつは底なしだ。俺様と張り合える数少ない酒飲みだぞ。そして深酒をすると好色になる。あれいつだっけか、裏花街《うらはなまち》で一斗《いっと》樽《だる》あけたときは、羽目を外したなあ」

「え……、裏花街……っ」

本区界の祇園《ぎおん》にあるといわれる老舗《しにせ》の歓楽街である。

「一体どんなふうに羽目を外したわけ？」

「あれはたしかお仕事で行ったんでしたよね」

と覚が言う。

「そうそう。お仕事です」

弘人は干《ほ》し鮑《あわび》を咥《くわ》えたまま、そ知らぬ顔をする。

「いやいや、舞妓《まいこ》を相手にあんなことやそんなことを。酒が入るとどうしても奔放《ほんぽう》になっちまうんだな。本性が出るっていうの？　困った坊主《ぼうず》だよねえ、弘人クンは」

酒天童子は弘人の肩に腕をまわして愉快《ゆかい》そうに笑う。

「酒が入らなくても好色のおまえよりましだ」

「なによ。酒飲んでエッチになるなんて、それただのオヤジじゃない」

美咲はむっとして弘人を睨《にら》む。

「真《ま》に受けるな。お座敷《ざしき》でちょっと遊んだだけだよ」

弘人はすました顔で言って猪口をあおる。

なんだかおもしろくない。花街などで、いったいなにをして遊んだのか。あんなことや、そんなこととは、一体なに？　なぜか胸に、焦《じ》れるような、嫉妬《しっと》めいた疑念が、さっきの雨女のときと同じようにふつふつと湧《わ》いて出てくるのだった。

けれど、嫉妬とはふつう、恋の相手にするもの。

(――恋？)

美咲はふとそんな言葉が頭に浮かんで、肴《さかな》をつつく手を止めた。なにか困ったものを発見したような心地がして、隣にいる弘人の顔を急に見られなくなった。

(まさか、恋だなんて……)

違う違うと美咲は頭を振った。ハツが変にお膳立《ぜんだ》てするから意識してしまっているのだ。それに、この酒の香り。この甘く妖《あや》しい香りのせいで、ちょっと心が惑《まど》っているだけなのだ。

なぜか熱くなる頬《ほお》を押さえつつ、美咲はそんなふうに自分に言い聞かせる。

「まあとにかく、二ノ姫も、同衾《どうきん》の折にはこいつの酒の量に気をつけるように」

酒天童子の言葉に、美咲はぎょっとした。

「同衾っ？　あの、あたしたちまだそういう間柄《あいだがら》ではないのでっ……」

「なら、今夜からそういう間柄になれ」

一体どこまで本気で言っているのか。美咲は言葉をなくして目を白黒させた。

「おい、それ以上よけいなことを吹き込むな、酒天童子。もう黙って飲んでくれ」

弘人が、酒天童子の猪口に溢《あふ》れんばかりに酒を注ぎながら唸《うな》る。

5

『八客《はっかく》』にいたのはほんの一時間足らずのことだった。

酒天童子《しゅてんどうじ》らに別れを告げて店を出た二人は、ふたたび並んでゆっくりと歩く。

通りは相変わらず妖怪《ようかい》でごった返していた。火照《ほて》った頬《ほお》に、外の空気がひんやりと心地よい。

期せずして、向かいから大柄《おおがら》な見越《みこ》し入道《にゅうどう》が現れて、往来《おうらい》の流れが乱れた。三メートルは優に超える巨軀《きょく》。ぬらぬらと光るゴルフボールのような眼《まなこ》でぎろりと辺りを見下ろす。

怖いもの見たさでつい目がいってしまう。こんなものに怯《おび》えているようでは橘屋《たちばなや》の店主は務《つと》まらないと笑われてしまうのかもしれないけれど。

（あれ？）

美咲《みさき》はふと、弘人《ひろと》の姿を見失ってしまった。

たったいま、入道をよけながら目の前を歩いていたのに。

(ヒロ、どこ?)

美咲はきょろきょろとあたりを見回したが、弘人はいない。ずいぶん遠くまで歩いてきたようだが、そこがどこなのか、美咲には皆目見当《かいもく》がつかなかった。

裏町は不思議な構造をしている。店がそのまま別の区界に繋《つな》がっていたり、時間によって袋小路《ふくろこうじ》と抜《ぬ》け小路《こうじ》が入れ違ったり。だからもし迷子になったら、もう自分ひとりで帰ることは出来ないのだ。

はぐれた、と思った瞬間、耳からありとあらゆる音が一気に遠のいた。

(こんなところで一人になったら、大物の妖怪に体を食べられて死んでしまう)

にわかにそんな恐怖心がせり上がってきて、美咲は立ち止まった。

自分をちっぽけで非力な現し世側《むこう》の住人としか思えなくなり、急に息苦しくなった。足がすくんで、もうそこから一歩も歩き出すことが出来ない。

人ならぬ異形《いぎょう》の集団が、とてもゆっくりと、間延びした感じで自分の横を通り過ぎてゆく。

美咲はそれを怯《おび》えたように眺めた。たったいままで酒天童子たちと宴席《えんせき》にいた自分さえもが、まるで夢だったように感じてしまう。

(あの妖怪たちは、あたしをほんとうに歓迎していた……?)

冷えた風に頬を撫《な》でられ、美咲はぞくりと身を震わせた。

玩具《おもちゃ》を売る屋台の風車がいっせいにからからと回り出した。原色の、とても色鮮やかなそれは、美咲に得体《えたい》の知れない焦《あせ》りと不安をもたらす。

（あたし、どうしてこんなところにいるの……？）

膝《ひざ》が震え出した。

帰りたい。

美咲は耐えられなくなって、わっと顔を両手で覆《おお》った。

遠い国のどこかにひとり置き去りにされてしまったみたいだった。

跡を継ごうと意気込んで張りつめていたものが、ふと切れてしまった感じだ。怖くて、どうしていいのか分からなくなって、そのままその場に泣き崩れそうになった。

と、そのとき、

「大丈夫か」

声がかかった。顔を上げると、目の前に弘人の姿があった。見越し入道の陰に隠れて、いっとき姿を見失っただけだったようだ。

美咲は胸がつまってなにも返せないまま、目尻《めじり》に滲《にじ》んでいた涙を袂《たもと》で拭《ぬぐ》った。弘人の顔を見て、どれだけ自分がこの裏町で彼を頼りにしていたかを思い知った。

「色々な妖気にあたって酔ったんだ。少し休もう」

弘人は優しい声でそう言うと、すぃと美咲の手を掬《すく》って歩き出した。

不安を握り締めて震えていた手が、男らしい大きな手に包みこまれて、ゆっくりと弛緩《しかん》してゆくのがわかった。絡《から》めた指先から伝わるぬくもりに、たしかな安堵《あんど》を覚える。

ふたりは川のほとりに出た。

美咲にはそこがどこなのか分からなかったが、隣に弘人がいてくれるだけで安心できるのだった。

川は音もなく静かに流れている。

美咲は橋の欄干《らんかん》に身をあずけ、たもとに灯《とも》っている鬼火《おにび》の炎をゆらゆらと映している川の水面にぼうっと見とれた。

(きれい……)

さきほどまでの不安は、不思議と霧《きり》が晴れるようにひいていた。

「あたし、こんなんで本当に跡継ぎになれるのかな」

漠然《ばくぜん》と胸を圧している不安を、美咲は口にする。

「腹を括《くく》ったんじゃなかったの?」

「括ったつもりだったけど、あたし、裏町のこと何にも知らないし、半分人間だし、なんだか自信ない」

酒天童子の言葉が脳裏に焼きついている。——半妖怪のおまえに、店主が務まるのか?

これまで、妖狐《ようこ》の自分にはどちらかといえば目を背《そむ》けて暮らしてきた。できれば人間として暮らしてゆきたいと。だから、意思も妖力も中途なまま、こんなふうにいきなり跡を継ごうとしても、から回りするばかりだ。

ふとユカのことも思い出されて、美咲は唇《くちびる》を噛《か》みしめた。自分がぐずぐずしているから、身近な人間にまでも被害が及んだ。こうしている今も、犯人は次なる標的を物色《ぶっしょく》しているのかもしれない。こっちはまだ手がかりのひとつも得られていないというのに。

「生まれの問題ではなく、気持ちの問題なんじゃないのか？　ハツさんの話によれば、力は十分に備わっているらしいぞ。妖力は土壇場《どたんば》で自然と解放されるもんだから、あまり神経質にならなくていいんだよ」

弘人は穏《おだ》やかに言った。しっとりと胸に染《し》み込んでくる声音なのだった。

「じゃあ破魔《はま》の力も自在に使えるようになるの？　なんだか野蛮《やばん》で、抵抗があるんだけど」

半妖怪でなければ、こんな悩みもなかったのかもしれない。もっと簡単に決心がついたのかも。

「跡を継ぐなら必要なことだろ。それも自分なんだと受け入れればいいさ。掟《おきて》を破って現し世《うつしよ》で馬鹿をやる妖怪は山のようにいるんだ。せっかくそいつらを懲《こ》らしめる力を授かっているのに、それを使わないでいるのは罪だよ。そう思わないか？」

「それは……、人間びいきの意見ね」

妖怪である弘人の口からそういう発言が聞けるのは、意外だった。

「ああ。人間のため、ひいては妖怪たちのためにな。うちの仕事は、棲《す》み分けがうまくなされている今の状態を保つことだ」

きっぱりと言い切られたが、なぜか今は、どちらの味方でもあるのだと聞こえた。

それから美咲は、揺れる水面を見つめながら考えた。自分はなぜ、この世界から目を背け、ふつうの人生にこだわってきたのだろう。ただ単に、楽をしようと思っているだけなのではないか。店を守ってゆくという大きな責任から逃れて。

「ヒロは、怖くなかったの？　雷神《らいじん》の神効《しんこう》を授かるとき」

意外な話題をふられたという顔で弘人が美咲を見る。

「お兄さんがいたんだって、雁木小僧《がんぎこぞう》に聞いたわ。二人も、亡くしているって……」

命がけで、体得せねばならぬものだったのだと――。

弘人は視線を揺れる水面に移し、ややあってから言った。

「ああ。怖かったし、不安もあった。でも、強くなりたいという野心のほうが強かったな。死んだ兄たちに代わって、自分こそは成《な》し遂《と》げてみせようという意地みたいなものも……。生まれついた境遇を変えることはできない。だったら、それを受け入れるしかないんじゃないか？」

悩みや苦しみなど、もうとっくに乗り越えたという、さっぱりとした表情で言う。けれど、瞳《ひとみ》には深いものをたたえていた。いまの美咲にはとうてい計り知ることのできないものだ。

答えを待たず、弘人は一歩、美咲に詰め寄った。

「おれは、おまえが妖狐になった姿をはやく見てみたい。ちょっと、ここで変化《へんげ》してみろ。ここは裏町だから、誰も驚かないぜ」

一変して、どこか色気をたたえたしっとりとした声音で言われ、美咲はどきりとした。

妖怪にとって実体を晒《さら》すということは、素っ裸になって己《おのれ》の実力を誇示《こじ》するようなもの。だから隠《かく》り世《よ》でも、一番弱い人間か、それに近い姿をとって暮らしている者が多いのだ。

面と向かって言われ、美咲の胸はこれまでになくさざめいた。

「あの……、もしかして、酔ってるの？」

酔うと好色になるとか酒天童子が言っていた。

「酔ってないよ。あれしきの酒で酔うわけないだろ」

「で、でもそんな、急に言われても、あたし、自力で変化できない……」

「じゃあ、破魔の爪《つめ》でもいい」

鬼火に照らされた弘人の精悍《せいかん》な顔には、挑《いど》むような色が浮かんでいる。黒曜石《こくようせき》のような美しい瞳が、じっと美咲を捉《とら》えて離さない。

変化云々《うんぬん》よりも、見つめられていることに、美咲は妙な焦《あせ》りを覚えた。

「無理っ。そんなの出して、もし間違ってヒロの妖力を封じ込めちゃったらどうするのよ」

美咲は火照った頬を隠すように押さえ、川面《かわも》のほうに顔を背けながらつっけんどんに返す。

「おまえにやられるおれじゃない」

弘人は悠然《ゆうぜん》と言って笑う。こういう余裕に、また心がかき乱されるのだ。

(どうしよう。どきどきする……)

裏町へ来てから、どうもおかしい。弘人の存在を意識すると急に体が熱くなって、まるで恋でもしているかのように鼓動《こどう》が速くなる。

この男《ひと》は、自分のことを一体どう思っているのだろう。

美咲には、人が妖怪の食餌《しょくじ》でしかないなどとはとうてい思えない。そのために現し世を護《まも》るのだという橘屋の理屈も。自分が人間でもあるという事実は、これから先も絶対に捨てきれないと思うのだ。

そういう自分を、弘人はどう捉えるのだろう。もし気に入らなかったら、婿《むこ》に入るつもりはないのだろうか。それとも、なにがなんでも分店を手に入れ、好き放題やるつもりでいるのだろうか。

美咲がいつまでも固まったままでいるので、弘人はあきらめたように月の傾き具合を見上げた。

「そろそろ帰ろうか」

無言でさし出された手を、美咲は黙って見つめる。

（本当に、店舗《てんぽ》乗っ取りなんて目論《もくろ》んでるのかな……）

いまとなっては、純粋に橘屋の一員として、人間寄りに店と裏稼業《うらかぎょう》を担《にな》っていこうというまともな気立ての持《も》ち主《ぬし》にしか見えない。そう、ちょうどハツのように。

それから、美咲は迷うのをやめて、そっと自分の手を絡《から》めた。

悩むことに疲れた。今は弘人と手を繋いで隠り世《こっち》側にいてもいいと感じる自分がいて、その気持ちに逆らいたくないと思った。

滑《なめ》らかなのに力強くて男らしい手。その触れ心地は、なにかの予感のように、しめやかに美咲の記憶に刻み込まれる。

隣を仰《あお》ぐと、弘人は優しい顔をしていた。

第二章　二匹の美鬼

1

数日後。

美咲《みさき》は、はなれの十二畳間《じょうま》で、じっと御封《ごふ》に神経を集中させていた。

この何も置かれていないがらんどうの板の間で、結界《けっかい》を張る練習をしているのだ。

結界は、自分に張って身を護《まも》ったり、相手をそこに閉じ込めたりと、攻防のどちらにも応用の利《き》く便利なものだ。現《うつ》し世《よ》で妖怪を捕らえる際にも、結界を張ってしまえばひと目を避けて仕事をすることが出来る。

けれど、部屋や屋敷《やしき》ごと包み込むような規模の大きな結界となるとなかなか難しい。ハツの指示通りにやっているのに、さっきから何度やってもうまくいかない。

「おまえさんは集中力が足らんのじゃ。間食のメニューばかり考えていては結界は張れんぞ」

「そんなこと考えてないよ！」

力量不足で、一枚あたりの御封に込められる妖力《ようりき》が少ないのだ。それで、寸足らずの結界しか張ることが出来ない。

何度か挑戦しているうちに、ようやく部屋の内法《うちのり》に近い大きなものを張るのに成功した。

美咲は黄金色《こがねいろ》の焔《ほむら》に包まれた空間の中心から、ぐるりとあたりを見回した。四隅の縁《ふち》に巡らされた御封が、びりびりと震える障壁《しょうへき》をかろうじて支えている。

「出来た！　やればできるじゃない、あたし！」

「しかし薄い。これではじきに破られる。御封を操るのに必要なのは強い意思じゃ。気合いじゃ。自分はこの上ない頑丈《がんじょう》な結界を張ってやるのだという心意気で臨《のぞ》まねば」

ハツが結界の出来栄えを不服そうな顔で仰《あお》ぎながら言う。

「でも実際、力が足りてないのにごまかして挑《いど》んでも……」

「成《な》し遂《と》げてみせるという気概《きがい》が、己《おのれ》の妖力と胆力《たんりょく》に繋《つな》がるのじゃ。婿殿《むこどの》を見習え、あの堂々たる武者《むしゃ》っぷりを」

「武者っぷりって。お侍《さむらい》さんじゃないんだから。ヒロは特別でしょ。賢くて強くて、何やらせても一発でうまくこなしそうなタイプじゃない」

「おまえさん、生まれながらにしてそういう力が婿殿に備わってたとでも言いたいのか？」

「違うの？」

ハツは頭を振った。

「剣術、柔術、山に籠《こも》っての精神練磨《れんま》。十五を迎えるまでお上《かみ》お抱えの技術集団から毎晩反吐《へど》が出るような訓練を……。神効《しんこう》を授かるための仕込みでもあるわけだが、半端《はんぱ》ないという噂《うわさ》じゃぞ」

「そうなんだ」

雁木《がんぎ》小《こ》僧《ぞう》が言っていた。神効を体得するには厳しい修練が必要なのだと。

と、そのとき。ピシリと結界の側面に亀裂《きれっ》が入った。

ガラスに入ったヒビのような裂け目から、結界そのものがたちどころに崩れて消えてしまう。

美咲は一瞬ぎょっと目を瞠《みは》ったが、障壁を打ち破って中に侵入してきたのは弘人《ひろと》だった。

「あのッ、勝手に入ってこないでくださる？」

美咲は腰に手をやって憤慨《ふんがい》した。

「すぐに破られるような脆《もろ》い結界しか張れないおまえが悪い」

弘人は得意そうな顔で美咲を見下ろす。

「初めての大きな結界だったのよ。もっとじっくり感動に浸《ひた》っていたかったわよ」

障子《しょうじ》でも破るような軽い調子で、いともあっさりとやられてしまった。

「ちょっと、裏町に行ってきます」

悔《くや》しがる美咲を無視して、弘人はハツに告げる。

「おお。お気をつけて。夕餉《ゆうげ》までにはお戻りくだされ。今夜は美咲の手料理ですぞ」

弘人は無言で頷《うなず》いた。

「なにしに行くの？」

美咲が尋《たず》ねる。

「ヤボ用だ。おまえは来なくていい」

「まだ行きたいなんて言ってないじゃない」

「顔に書いてあるのを読んだんだよ」

弘人は笑いながら言うと、踵《きびす》を返した。

美咲はむう、と膨《ふく》れ面《つら》で唸《うな》る。

（ヤボ用ってなに……？）

一緒に行ってもいいと思った。いまは裏町にもなじまねばならない時期。同行者がいれば安心して散策ができるのでよい機会だと思った。事件の手がかりだってどこからか入手できるかもしれないのに。

「さあ、修行の再開じゃ、美咲。気を集中させて、もっと頑丈な結界を張りなおせ」

ハツがパンパンと手を打ってどやすので、美咲はしぶしぶ床に舞い落ちた御封を拾いはじめる。

弘人が向かったのは、橘屋《たちばなや》本店のある本区界だった。

現し世《うつしよ》でいうと、京都《きようと》の宇治《うじ》界隈《かいわい》になる。

和菓子屋のひしめく大路の中心部に、ひときわ目を引いてそびえ建つ壮麗《そうれい》な館《やかた》があった。

手入れの行き届いた枯山水《かれさんすい》の庭園。敷き詰められた砂礫《されき》は角砂糖で出来ている。

砂糖は、ここ隠り世《かくよ》では時価で取引される、比較的高価なものだ。といっても、高価だからと、こっそり現し世の砂糖を持ち込んでひと儲《もう》けしようとしても、現し世のものは襖《ふすま》を通ったとたんに質が変わってしまうことが多いので、なかなか叶《かな》わない。

建物の中へ入れば、鳳凰《ほうおう》や黒龍などを色づけした砂糖で描きだした絵の額《がく》や、飴細工《あめざいく》とおぼしき艶《つや》やかな像などがそこかしこに飾られている。訪れた客人には至れり尽くせり、砂糖尽くしのおもてなしがなされる。

この店は金持ちの甘党御用達《ごようたし》、遊興施設・宿屋も兼ねた会員制超高級甘味処《かんみどころ》〈砂糖御殿《ごてん》〉なのである。

「前鬼《ぜんき》と後鬼《ごき》？」

最上階の貴賓室《きひんしつ》で、弘人が声を上げた。

机に彩《いろど》りよく並んだ落雁《らくがん》やきんとんなどを挟んで向かいに座っているのは雨女である。

情報を渡すのは〈砂糖御殿〉の貴賓室《スイート》で。一泊分の宿泊権もつけること——祭りの夜に耳元で囁《ささや》かれたのはそういう内容だった。酒飲みの弘人は甘いものが苦手なので〈砂糖御殿〉は寄りつきがたい所だが、雨女の御所望《ごしょもう》なので応じるしかない。

ガラス越しに小笹や石灯籠《いしどうろう》をあしらった見事な坪庭《つぼにわ》がしつらえてあって、さらさらと粉砂糖の流れるししおどしがときおりのどかな音をたてている。調度品や建具の類《たぐい》は黒と紫《むらさきいろ》色を基調とした雅《みやび》なもの。次の間に敷かれた夜具も砂糖仕立てで、ここに泊まる客は羽毛ではなく、ざら目の詰まった枕《まくら》で眠ることになる。

雨女は、巳《み》ノ区界《くかい》（奈良《なら》県周辺）のとある店が、前鬼と後鬼を連れた旧鼠《きゅうそ》に乗っ取られたらしいという情報を仕入れてきた。

どうでもよい世間話をしながら干菓子《ひがし》、生菓子《なまがし》、半生菓子のフルコースに形ばかりつきあい、女中が三度目の抹茶《まっちゃ》を点《た》ててしずしずと去っていったところでようやく本題に入った。

前鬼とは、奈良時代の山岳修行者・役小角《えんのおづの》の弟子だった鬼族の妖怪《ようかい》である。後鬼はその相棒《あいぼう》で、二鬼はそれまで現し世で悪さばかり働いていたが、あるとき役小角に懲《こ》らしめられ、人を害してはならぬと説《と》かれて慈善《じひ》の心を起こし、共に修行しながら侍者《じしゃ》として仕《つか》えた。

「おまえ、前鬼の人相を知ってるか？」

舌の感覚をくるわすきんつばの甘みを、無理やり濃い抹茶で流し込んで弘人が問う。

「ええ。大昔に一度、仕事絡《がら》みで会ったことがあるわね。まだ小角と一緒だった頃の話よ」

「ちょっと冷たい感じのいい男だろ」

「そうねえ。でも横にうるさい女がいたわ。小角と前鬼を行き来する世話女房という感じの女よ。それが後鬼ね」

前鬼、後鬼ともに、たいそう腕の立つ美鬼《びき》だと聞く。美咲に接触してきた鬼族の妖怪は、ともするとその前鬼だった可能性が高い。となると、酉《とり》ノ分店《ぶんてん》に捕らえられた旧鼠は、巳の区界の、ある店を乗っ取ったという旧鼠と同一と考えられる。

「しかし、なぜ旧鼠からその二人の名が出てくるんだ？」

「いきさつは誰も知らなかったわ。しょぼくれた旧鼠がえらく幅をきかせて店に押しかけてきたと思ったら、後ろには前鬼と後鬼が控《ひか》えてたって。彼らはあくまでも旧鼠をたてているそうよ。ご存じの通り、ふたりはもともと役小角の侍者だった。でも小角はもういない。旧鼠をあらたな師とあがめて何かよくないことを画策《かくさく》しているってところ――？」

役小角は、奈良時代の現し世に実在した人物だが、様々な伝承《でんしょう》があり、その生涯は謎《なぞ》に包まれている。

おおむね共通して語られているのは、奈良葛城《かつらぎ》地方の大豪族の生まれであること。呪術《じゅじゅつ》で山人・里人を救って称《たた》えられていたこと。鬼神や天狗《てんぐ》の類《たぐい》を使役《しえき》して、山と山の間に石橋を渡そうとしたこと。師の能力をねたんだ弟子（あるいは葛城山の神、一言主神《ひとことぬしのかみ》の仕業《しわざ》とも言われる）に讒訴《ざんそ》されて伊豆《いず》に流刑《るけい》になったことなどである。伊豆から大和《やまと》に戻ってまもなく、小角は人から神変を遂《と》げて仙人となり、隠り世にも行き来できるようになった。

小角はその後、二鬼と共に現し世と隠り世を行脚《あんぎゃ》して悪鬼を成敗《せいばい》していたが、いまから三百年ほど前にある大罪を犯《おか》し、水神《すいじん》の裁きを受けて水に姿を変えられてしまったという。

「妙な話だな。役小角ほどの偉人に仕えてたような鬼たちが、いまさら旧鼠ごときと手を組むか？」

「そうね。確かに妙だわね。師弟というよりは、なんらかの利害関係があるんでしょうよ」

雨女は春らしい桜色の練りきりを口にしながら言う。

「乗っ取ったというのは、どこの店？」

「妓楼《ぎろう》『高天原《たかまがはら》』。かなり買い叩《たた》かれたそうよ」

「『高天原』か。淫魔《いんま》の巣窟《そうくつ》だな」

弘人は腕組みして唸《うな》った。区界外にも名を轟《とどろ》かす、悪名高い妓楼である。

「元楼主《ろうしゅ》はね、〈惑イ草《まどいぐさ》〉を縁の下にしこたま抱え込んでいたらしくて、それもそっくりそのまま、旧鼠のものになったって話」

「〈惑イ草〉？　じゃあ、はじめからそいつ目当てで店を乗っ取ったってのか？」

「可能性は無きにしも非《あら》ず」

〈惑イ草〉とはいわゆる麻薬の一種で、常用すると嗜虐性《しぎゃくせい》、凶暴性などを増長するため、橘屋《たちばなや》による取り締まりの対象になっている。噂《うわさ》どおり、あの妓楼は悪の温床《おんしょう》となっているようだ。

「まさか、行くつもり？」

雨女が小楊枝《こようじ》を銘々《めいめい》皿の端に置いた。

「ああ。ちょっと気にかかることがあってさ」

雨女の情報が正しければ、そして美咲の前に現れた鬼が前鬼なのだとしたら、彼らは魔道に堕《お》ちたことになる。

「およしなさいな。あそこは悪趣味な連中ばっかでわたしでも避けて歩くのよ」

「べつに女を買うわけじゃないからいいよ」

「うふ。そんなことより貝合わせを一緒にやりましょうよ」

雨女が机の下から蒔絵《まきえ》のほどこされた貝桶《かいおけ》をがたがたと取り出す。

一見平和な遊びだが、負けたほうが着物を一枚脱ぐ等《など》の雨女らしい約束事が設《もう》けられるので危険である。

「悪い。今日はこのまま帰る。新月が控えてるんで、ゆっくりしてられないんだ」

弘人はそう言って、席を立った。次なる被害が出る前に、手を打ちたい。

「あら、それって、橘屋のため？　それともあの小娘のためなの？」

鋭く問いただし、雨女も立ち上がってゆったりと弘人のゆく手を阻《はば》む。

「さあ。単なる興味だよ」

弘人が曖昧《あいまい》に言うと、雨女は猫が媚《こ》びるように身を寄せ、首筋に腕を絡《から》ませた。

朱赤《しゅあか》の半襟《はんえり》に縁取《ふちど》られたぬき衣紋《えもん》の白いうなじがなんとも悩ましい眺めである。誘うように麝香《じゃこう》の官能的な香りがたちのぼる。

「妬《や》けるわね。お家事情とはいえ、若旦那《わかだんな》を独り占めにするなんて。で、あのコは橘屋として
ふさわしい人材なの？　実は好みのタイプ？」
「どうだかね」
「あら、祭りに誘うくらいだから、まんざらでもないんでしょう。彼女、半分人間の血が入っ
てるそうね。しかも裏町《こっち》の事情にはまったく疎《うと》いとか。……一体どのあたりが気に入ったわけ
なの。あの初心《うぶ》そうなところ？　もう手はつけたの？　どんなお味？」
「おまえ、その話をどこに売り飛ばすつもり？」
「ほほほほほ。ご心配いただかなくとも、〈御所《ごしょ》〉がらみのネタは卸《おろ》し先に事欠かなくてよ」
いつの間にか会話から情報を炙《あぶ》り出して、よそで商売する女なのだから油断ならない。
「じゃあ、わたし、そろそろ寝るわ。五分だけ、添い寝していきなさい」
隠り世の妖怪はふつう寝ている時間帯である。雨女は弘人に抱きついたまま、襖《ふすま》の向こうを
軽く顎《あご》で示した。
「五分じゃすまないだろ。代わりの色男をよこすから、今日は勘弁《かんべん》してよ、オ姐《ねえ》サン」
弘人はやんわりと雨女の腕をはずしながら言う。
「そういって、いつも逃げる」
「簡単に捕まる男なんかつまんないんだろ。……そろそろ行くよ。情報ありがとう。またなに
か新しい情報が上がったら知らせてくれ」

口惜《くちお》しげに佇《たたず》む雨女を残して、弘人は早々に部屋を辞《じ》する。

旧鼠、天狐《てんこ》、そして前鬼・後鬼。この三者を共通項で結ぶのは難しい。〈惑イ草〉絡《から》みだとしても、人の精気を強奪し、天狐の血脈《けつみゃく》を侵《おか》す必要がなぜあるのか。旧鼠は、二鬼を抱きこんで一体なにを目論《もくろ》んでいるのだろう。

弘人はまず渡し屋に寄って、巳ノ区界『高天原』までの抜け道を調べさせた。

裏町の酉ノ区界には鉄道も走っておらず、交通手段といえば駕籠《かご》ぐらいなので、ある道をまともに行くなら現し世から車や電車で回ったほうが早いのだが、行き先によっては抜け道を使うと短時間で済む場合がある。

渡し屋とは、どこの店がどこの店と繋がっているか、どの袋小路《ふくろこうじ》がいつ抜け小路に変わるのか。きまぐれな裏町の道路情報をほぼ網羅《もうら》している便利な案内屋だ。金を払ってその情報を買う。

実家のある本区界や、よく使う抜け道なら頭に叩《たた》き込んであるが、さすがに初めて行く区界には情報なしで足を踏み入れることはできない。

「いらっしゃァい」

けばけばしい衣装を着た、厚化粧の鬼族と思《おぼ》しき遊女ふたりが弘人を出迎えた。

『高天原』は、現し世でいうと奈良《なら》の月ヶ瀬村《つきがせむら》というところ。渓谷《けいこく》を下った清らかな水の流れ込む、碧《あお》く澄んだ湖を一望できる小高い丘陵《きゅうりょう》にあった。

いかにもそれらしい、三階建ての紅楼《こうろう》である。張見世《はりみせ》は閉まっていて、あたりはひと気もなく閑散《かんさん》としている。妓楼ばかりの歓楽地かと思えば、『高天原』のほかにはまともな料理茶屋が二、三軒あるだけの鄙《ひな》びたところである。

あたりは満開を迎えた梅が競《きそ》うように咲き、かぐわしい匂《にお》いを放っていた。

前鬼・後鬼の仕えた役小角が修行をしていたのも、この辺りの山岳地一帯のはずである。師《し》匠《しょう》の縁《ゆかり》の地で、一体なにをしでかすつもりか。

弘人はまとわりつく案内の女たちの手を振り払った。

番台までは距離があり、ほの暗い通路を歩かされる。

通路の両側には戸の開け放たれた引付《ひきつけ》部屋。衝立《ついたて》の向こうから、女の淫靡《いんび》な忍《しの》び笑いや嬌《きょう》声《せい》が聞こえる。

「いい男。あっちで実体を晒《さら》しあわなァい？」

通路の柱にもたれていた遊女が目ざとく声をかけてきた。安物の白粉《おしろい》の匂いが鼻をかすめる。雨女とは若干《じゃっかん》質の異なる、品がなくて胡散臭《うさんくさ》い、はすっぱな色気である。

弘人は女を冷ややかに一瞥《いちべつ》して、さらに奥へと進む。

『高天原』に関して、いい話は聞かない。刺激を求めて日夜繰り広げられる淫行《いんこう》、賭博《とばく》、〈惑イ草〉の売買。客層は猟奇《りょうき》趣味の昂《こう》じた極めて変質的な妖怪たち。人間を連れ込んでいるという噂《うわさ》さえあるくらいだ。

巳ノ分店の店主は、息抜きのための場所も必要だと、妓楼の実情については黙認していると聞く。各区界の管理は基本的に分店の店主に一任されており、事件性がなければ、定期見回りであえて取り沙汰《ざた》されるようなこともない。

「繁盛《はんじょう》してるようだな。楼主《ろうしゅ》はどこだ」

番頭らしき男をつかまえて、弘人は訊《き》いた。

実体は不明だが、鶏《にわとり》のように、きょときょととした落ち着きのない男である。

「あいにくですが、ただいま留守にしておりまして」

西ノ分店に捕らえられているのがそうだとしたら、留守にせざるをえない。

「代理の者でいいから会わせてくれ。いるんだろ、ここに角《つの》が生えた奴《やつ》」

弘人は揶揄《やゆ》するように自分の額《ひたい》を指差して言う。

「あの、お客様、お約束のほうは……」

「ない」

「でしたら申し訳ございませんが、お引き取り願います。お約束のないお方は取り次がぬよう命ぜられておりますゆえ」

「橋屋本店だと言え」

「は……？」

屋号を聞いて、ガサ入れか、と番頭の顔が一瞬にして強張《こわば》った。隠り世のすべての妖怪が弘人の顔と素性《すじよう》を知っているわけではない。

「橋屋だ。聞こえなかったのか？」

「い、いいえ、とんでもございません。しばしそちらでお待ちくださいませ」

有無《うむ》を言わせぬ物言いにおののいた番頭が、声をうわずらせてあわてて奥に引っ込んだ。

ほどなくして、弘人は奥の間に案内された。

家具調度のないがらんとした部屋だった。高い天井《てんじよう》に、黒御影《くろみかげ》の敷石。中途半端《はんぱ》な変化《へんげ》姿の女郎《じよろう》たちが、真ん中に置かれた盤に集まって、双六《すごろく》に興じている。

その中に、立て膝《ひざ》で対戦を眺めている男が一人いた。

（やっぱり、か……）

白銀の髪、赤い瞳《ひとみ》、頭部に二本の角。美咲《みさき》に接触してきた男だ――おそらくは前鬼。となると、ここを乗っ取った旧鼠と、美咲らが捕らえた旧鼠とはやはり同一人物とみて間違いはない。

「おまえが、前鬼か」

弘人は戸口付近に立ったまま、言った。

これまでどこに潜《ひそ》んでいたのか。後鬼とともに千年を生きてきた鬼。しかし、その容貌《ようぼう》は重ねた年月などまるでなかったように若く美しい。とりわけその真紅《しんく》の眼《め》が印象的である。

「いかにも。橘屋本店の方が直々《じきじき》になんの用だ？」

前鬼は鷹揚《おうよう》に返す。まわりの女郎たちが本店と聞いて、不安げに眉《まゆ》をよせる。

「旧鼠が、この妓楼を強引に買い叩いたと聞いた。事実なら、理由を聞かせろ」

前鬼はしばし無言のまま弘人を見据《みす》えていたが、

「貴様、あのときの鵺《ぬえ》だな？」

片眉《かたまゆ》を吊《つ》り上げて問う。

「気づいてやがったか」

弘人は薄く笑って返した。

あのとき――美咲が前鬼に遭遇したとき、実は弘人も近くに身を潜めていた。目目連《もくもくれん》の目を借りて手並み拝見と店先で優雅に構えていたのだが、美咲が思った以上に未熟で、なにやら雲行きが怪《あや》しくなったので、急ぎ駆けつけたのだ。鵺の姿で移動したため、気配を消しきれなかったらしい。

前鬼はやおら立ち上がって、そばにいた女郎の尻《しり》を出てけとばかりに蹴飛《けと》ばした。

女郎たちはきゃあきゃあと、非難とも愉悦《ゆえつ》とも聞こえる悲鳴を上げながら四方に退《の》いていく。

二人きりになった弘人は、ふたたび前鬼に問うた。

「ここを買収したのは橘屋《うち》に捕らえられている旧鼠なんだろう。そしてそれに、おまえや後鬼も、一枚嚙《か》んでいる」

「否定はせん」

前鬼は口角を歪《ゆが》め、悠然《ゆうぜん》と頷《うなず》く。

「なぜあの旧鼠に従う。奴の目的はなんだ？」

「貴様がそれを知ってどうしようというのだ」

前鬼は目的までも喋《しゃべ》るつもりはないようで、不敵な笑みを浮かべているだけだ。

「妖狐《ようこ》の血脈《けつみゃく》を汚すつもりか」

弘人が試すように言うと、ややあってから、

「そうか。許嫁《いいなずけ》の身の危険を察知して参上仕《つかまつ》ったというわけだな」

前鬼は嘲《あざけ》るように言った。橘屋の噂にも通じているようだ。

「――だが、もう遅い」

「なに？」

弘人は聞きとがめる。

「いまごろ吾《われ》の相棒が……」

前鬼は思わせぶりな口調で言いさして、ククと喉《のど》の奥を鳴らす。

伴侶とは、後鬼のことか。そういえば、姿が見あたらない。

「どういうつもりだ。あまり身勝手なマネをすると、役小角の二の舞を踏むぞ」

小角の名を出すと、一瞬、前鬼の眼が鋭くなった。

「貴様ら橘屋に従う気など、はじめからない」

抑制のきいた声音ではあるが、瞳の奥には烈《はげ》しい怨嗟《えんさ》が見え隠れしている。小角を断罪した橘屋を、いまだに恨《うら》んでいるようだ。

一触即発《いっしょくそくはつ》の空気が満ちる。だがどちらも、相手の出方を待って、動きだそうとはしない。

弘人は美咲のことが気になった。単なる脅しではなさそうだ。早急に戻らねばならない。

「申し開きならいつでも受けつける。気が変わったら、出向いてこい」

弘人はそう言い残すと、踵《きびす》を返した。

「ふん。あれが本店の鵺か」

前鬼は威丈高《いたけだか》に腕を組み、しばし弘人の消えたほうを見据《みす》えていた。

2

夕刻、日も落ちかけて、朱色《しゅいろ》ののれんが宵《よい》の風に揺れ始める頃。

碁《ご》を打ちに行くとハツが小一時間前に出かけてしまい、一人、夕飯の支度をしながら留守番をしていた美咲《みさき》のもとに来客があった。

「こんばんは」

輝くプラチナブロンドのツインテールに、フリルのついた華やかな衣装に身を包んだ小柄《こがら》な少女だった。顔立ちは人形のように華やかに整い、瞳《ひとみ》が美しい青色をしているので、一瞬外国人かと思った。

「あたしー、旧鼠《きゅうそ》と暮らしていた者です。ちょっとだけ、会わせていただけますぅ？」

少女は愛想《あいそ》よくそう言った。甲高《かんだか》く甘い声だが年齢は不詳である。両手で支えている風呂敷《ふろしき》の包みが、少女のいでたちにはひどく不釣り合いだった。

「あの、一緒にって……」

「そう、現し世《こっち》で一緒に暮らしてたんですよ。でも、彼ったらちっとも家に帰ってこなくて、変だなーと思ってたら、どうも事件の犯人と間違えられてここに捕まってるみたいで」

「間違えられて？」

やっぱり事件とは係《かか》わりのない奴《やつ》だったのかしら、と美咲はいぶかしむ。

「旧鼠は、事件には本当に関係ないの？」

「ないですよ。濡《ぬ》れ衣《ぎぬ》もいいとこだわ」

少女は桃色の唇《くちびる》を尖《とが》らせる。

「ひょっとして、八咫烏《やたがらす》で連絡をとっていたのはあなた？」

「そうそう、あたしですよ。それでここに閉じ込められたことを知って」

「あなたは、何の妖怪《ようかい》なの？」

気配がまったく読めない。

「たいした者じゃないですよー、気にしないでください」

少女はそう言って、照れたようにきゃはっと笑う。

いまはハツも弘人《ひろと》も留守にしている。勝手に面会などさせていいものかと美咲が迷っていると、

「あの、早く会わせて。あの人、病気持ちだったから心配なんですぅ」

少女は声の調子を落とし、眉《まゆ》をひそめた深刻な顔で言う。

「病気って……体が腐《くさ》っていくのは、あれ、やっぱり病気だからなの？」

「そうよ。お薬飲まないと、そのうち死んでしまうんですよ」

さらに切羽《せっぱ》詰《つ》まった表情で言い募《つの》る。これがいけなかった。美咲はうっかり信じこんで、少女をはなれの座《ざ》敷牢《しきろう》へと案内してしまった。

「あの、一応ここに閉じ込めておくようきつく言われてるから、とりあえず今日は会って薬飲ませるだけにしてくれない？」

部屋の戸を開ける前に、了承《りょうしょう》を得ておいた。

「いいですよー。ああ、よかったっ。お優しい方で。橘屋《たちばなや》さんて、どこもおっかない人ばっ

かりだから不安だったんですぅ」

座敷牢ははなれの角部屋にある。高窓ひとつの薄暗い板の間だ。

気配を感じとった旧鼠が顔を上げた。

「待ちかねたぞ」

旧鼠がしわがれ声で言った。

「申し訳ございません」

少女はうって変わってしおらしく神妙な態度になり、後生《ごしょう》大事そうに抱えていた風呂敷包みを解《ほど》いた。

出てきたのは、花、雲、草の文様があしらわれた青磁《せいじ》製の二本の浄瓶《じょうへい》——水瓶《すいびょう》の一種で、飲用水を持ち運ぶためのもの——だった。大き目の瓢箪《ひょうたん》ほどのサイズ。瓶《かめ》の肩に口があり、そこから水を入れ、先端の注《つ》ぎ口《ぐち》から飲む仕組みになっている。

少女は片方の浄瓶を格子《こうし》の隙間《すきま》から旧鼠にむかって差し出した。そこに薬が入っているのだろう。会話のないまま、旧鼠が口をつけた。

飲み終えるまで、少女は丁寧《ていねい》に浄瓶を支えている。

正座して、後ろで控《ひか》えていた美咲は、その時ふと違和感を覚えた。空気が揺れている。

牢の縁《へり》に貼ってあった御封《ごふ》も、漂い始めた妖気に反応してびりびりと震え始めている。

（なに……？）

何かが、起きようとしている。

美咲は少女を注視した。少女はしつこく旧鼠に薬を飲ませ続けている。やけに長い。

次いで旧鼠から離れて立ちあがったとき、美咲ははっと目を疑った。

少女が変化《へんげ》している！

柔らかくカールしたツインテールの髪はいつの間にか色を失って、輝く白銀色に変わっていた。そして、滑らかな額《ひたい》の真ん中に、一本の角《つの》。

「あなた、鬼族、だったのね……」

なぜ、いまになって変化を解いたのだろう。

「きゃはっ。そうよ」

少女はひと笑いすると、持っていた浄瓶をとん、と脇《わき》に置いて、もう一方の浄瓶を手に取った。そしてだしぬけに、中の水をパシャリと美咲にぶちまける。

「なにするの！」

美咲は面食らった。大した量ではないが、上着がところどころじっとりと湿る。

（えっ？　動けない……！）

気づくと、手足の先端から順にびりびりとしびれ、体の自由を奪われ始めていた。

四つん這《ば》いになった少女は、身動きが取れずに困惑《こんわく》する美咲ににじり寄ってきた。

間近で見る美しい青い瞳は、冷たい輝きを放っている。それまでは無邪気《むじゃき》でおきゃんな印象だったのに、いまやなにか、計算ずくの禍々《まがまが》しいものがその瞳の奥に揺れているのだった。体は、少女の放つ妖力で縛《しば》られているのだと分かる。

「可愛《かわい》らしい唇」

少女はいっそう美咲に詰め寄ると、優しく口もとに触れた。

「な、なによっ」

美咲はしびれる体をなんとか引きずりながら後ずさった。

少女は子供がはしゃぐようにきゃっきゃっと笑う。それから、

「シィーッ。じっとしてて」

美咲の唇の前に人差し指を立てて黙らせると、ふたたび顔を寄せてきた。蠱惑的《こわくてき》な笑み。唇の端から、ちらりと鋭い鬼歯《おにば》がのぞく。

「い・く・よ」

甘い囁《ささや》き声が耳朶《じだ》を撫《な》でたかと思うと、少女が浄瓶のなかに残っていたものをラッパ飲みで口にふくみ、次いで、桃色のふくよかな唇を、美咲のそれにぐいと押しつけてきた。

（えっ……）

美咲は一瞬、なにが起きたのか理解できなかった。

（キスされた？）

事態を理解したところで、いくら相手が女でも、いや、むしろ女が相手だからなのか、とて

つもない嫌悪感《けんお》に襲われ、全身の肌が一気に粟立《あわだ》った。

思いのほか強く塞《ふさ》がれた唇の感触が気色悪い。そう思うや否《いな》や、ズルリと冷たい何かが口の中に入ってきた。

確かめる間もなく、思わず勢いよく呑《の》み下《くだ》してしまう。

「なにするのっ」

美咲は目を剝《む》いて、渾身《こんしん》の力で少女を押しのけた。体を縛る力はいつのまにか消えていた。

柔らかいゼリーを丸呑みしたような感覚だった。ただし、異様にかさがあり、時間をかけてドロリと胃の腑《ふ》に落ちてゆくのがありありと分かるのだった。その生々《なまなま》しい感じに、美咲はいっそう顔をしかめた。

「きゃはは ぁ、大ー成ー功っ！」

美咲の表情を見守っていた少女が弾《はじ》かれたように笑いだした。

「これであんたはあのお方のモノよ」

少女は白い喉《のど》をのけぞらせ、これ以上愉快《ゆかい》なことはないというくらいに高らかに哄笑《こうしょう》する。

「あのお方って……？」

美咲は尋《たず》ねるが、少女は無視して高笑いを続ける。座敷牢の高い天井《てんじょう》に、その笑い声だけが不気味に響き渡る。

常軌《じょうき》を逸《いっ》している。否《いな》、妖怪なのだから、もとより人の常識など通用しないのか。

「一体、なにを入れたの」

腹に広がる得体《えたい》の知れない感覚に、美咲は顔をしかめた。

「あたしのブ・ン・シ・ン」

少女は不敵な含み笑いを漏《も》らしながら告げた。

そして突然、なにかの気配に感づいて、虚空《こくう》に目を走らせる。

「当主が来るね」

少女はつぶやくと、片方の浄瓶だけを抱えて、逃げるように裏庭へと飛び出した。

「あっ、ちょっと、待ちなさいよ！」

あわてて後を追うが、美咲が外へ出たときには、鬼の少女はおそろしい跳躍力で、あっという間に屋根の向こうに姿を消してしまった。

ほどなくして渡り廊下《ろうか》に足音が響き、入れ替わるようにしてハツが戻ってきた。

「美咲！」

「おばあちゃん！」

「水瓶を抱えた鬼……、いまのは後鬼《ごき》ではないか」

「後鬼？　前鬼《ぜんき》と一緒にいるっていうあの？」

前鬼・後鬼はもともと現《うつ》し世《よ》で悪事をはたらいていたが、あるとき山岳修行者・役小角《えんのおづの》と出会い、その強大な験力《げんりき》に感服し、教化されて侍者《じしゃ》となったという鬼族の妖怪である。

ハツは座敷牢の間《ま》に駆け込むと、旧鼠に眼をやった。

「なにがあったのだ。旧鼠がこと切れておるではないか」

「ええっ？」

あわてて部屋に戻った美咲も、驚きに目を見開いた。確かに、旧鼠はうずくまったまま微動だにしない。

「どうして！　さっき薬をもらったばかりなのに」

完全に、息絶えている。遺体は腐《くさ》り崩れ、瘴気《しょうき》さえ放ち始めているのだった。

「薬とは……？」

ハツが険《けわ》しい顔で問う。

「さっきの子が、――後鬼が、なにか旧鼠に飲ませていった」

薬の入っていたほうの浄瓶が持ち去られている。風呂敷の上に横たわっているのは、美咲に水をかけたときのものだ。

「ついでにあたしも……、なんか飲まされた」

美咲はもやもやと吐き気のする胸を押さえる。

「なんと……」

ハツは空《から》の浄瓶を手にとって調べ、ただならぬ事態に大きく目を瞠《みは》った。

3

弘人《ひろと》が今野家《こんのけ》に戻ったのはそれから三〇分あまり後のことだった。

渡り廊下《ろうか》を伝って足早にはなれに向かった弘人は、障子戸《しょうじど》越しにハツが美咲《みさき》を叱責《しっせき》する声を聞いた。

「まったく、なんという失態じゃ！」

「だって……最初は明るい感じの普通の子だったもん。……妖気《ようき》だって、ちっとも感じなかったし……」

喉《のど》に物のつかえたような、くぐもった弱々しい声で美咲が返す。ハツにつっかかる、いつもの威勢《いせい》はない。

「橘屋《たちばなや》に来ておいて、実体も明かさぬ妖怪《ようかい》にそうやすやすと敷居《しきい》をまたがせるでないっ」

「なにごとですか」

弘人は勢いよく戸を開けた。

「おお、弘人殿、おかえりなさいませ」

ハツが頭を下げた。

「この間抜けがうっかり後鬼《ごき》を座敷牢《ざしきろう》に通してしまったのですじゃ。おまけに厄介《やっかい》な置き土産《みやげ》まで仕込まれたようで」

「置き土産?」

ハツの横にうずくまる美咲に目をやると、口元を押さえ、蠟《ろう》のように青ざめた顔で俯《うつむ》いている。

「どうした?」

弘人は膝《ひざ》を折って、美咲を覗《のぞ》き込んだ。

「分からない。口から、なんか、入れられた。さっきから、急に気持ち悪くなって」

「口から? まさか、妖魅《ようみ》ですか」

「おそらく」

ハツは険《けわ》しい表情のまま、頷《うなず》く。

もう遅いわ、と嗤《わら》った前鬼《ぜんき》の顔が脳裏《のうり》に瞬《またた》く。

「……妖魅って……なんなの?」

美咲はようようと顔をあげ、震える声で問う。初めて聞く言葉だった。

「寄生妖怪の一種じゃ。体液を介してあらゆる妖怪に寄生する。宿主《しゆくしゆ》に悪質な幻《まぼろし》を見せて弱らせ、その者の精気を奪いつくし、ついには自我《じが》を持って宿主の体をのっとってしまうという厄介な奴《やつ》じゃ」

「そんな……」

美咲は信じられない思いで腹を押さえた。それが、いまこの中に入っているというのか。

「あの浄瓶《じょうへい》のなかに忍ばせてあったのじゃろう。後鬼は水棲《すいせい》の妖怪でもないのに水を操る技を持つ。ゆえにいつも水のはいった水瓶《すいびょう》を持ち歩いておるのだ」

後鬼の持ち歩く水は、現し世《うつよ》では理水《りすい》といって霊験《れいげん》のある水として伝承《でんしょう》されている。

「前鬼と後鬼はかつて役小角《えんのおづの》を慕《した》い、彼とともに悪鬼《あっき》を成敗《せいばい》して二つの世界を渡り歩いておった。妖魅とてその折には、破魔《はま》のために使役《しえき》されたもののはずなのじゃ。しかし、主《あるじ》・役小角を失った今、奴らは本来の目的を見失って、妖魅さえ私利私欲のために悪用しとるようだな」

彼の遺志《いし》を継いで善行を続けようという甲斐性《かいしょう》はないようだ。

「なぜ役小角はいなくなってしまったの？」

美咲は尋《たず》ねる。

「現し世でとある大罪を犯《おか》し、水神《すいじん》の裁きを受けて滝壺《たきつぼ》にしずめられたのじゃ。その体は水に変えられ、もはやどこにも存在せぬというが……」

「とある大罪って？」

「大量の人間を、裏町に連れ込んだらしい」

弘人が答える。美咲は耳を疑った。それは確かに大罪である。

「どうしてそんなこと……？」

「さあ。なにせいまから三百年前だから、江戸《えど》の元禄《げんろく》あたりの話になる」

それから弘人は、ハツに向かって続けた。

「実はさきほど前鬼に会ってきました。巳ノ区《みくく》の『高天原《たかまがはら》』という妓楼《ぎろう》を根城《ねじろ》に構えています。妓楼は、旧鼠《きゅうそ》と手を組んで乗っ取ったようです。このあいだ美咲が接触した鬼も前鬼でした。彼は、橘屋を恨《うら》んでいるようだった」

「そうでしたか。役小角が召し捕《めと》られたことに、いまだに恨みを抱いておるのやも知れぬ」

ハツは言った。その時、事件を担当したのは橘屋の巳ノ分店だったという。

「旧鼠は死んでますね。仲間割れか……？」

弘人が牢のほうに目をやって言う。

「ええ。後鬼が薬を飲ませに来たとかで。助けるための薬ではなく、仕留《しと》めるための薬であったようじゃ。おそらく口封じのためでしょうな。てっきり旧鼠が主犯かと思うておりましたが……。あやつども、一体なにを企《たくら》んでおるのか」

ハツが顎《あご》に手をやって考え込む。

「旧鼠とつるんで、仮に橘屋に一矢報《いっしむく》いるつもりだったのだとしても、そこにどう妖狐《ようこ》の血脈《けつみゃく》が絡《から》んでくるのかが謎です」

肝心《かんじん》な旧鼠は殺されて、彼の真意は知れずじまいになった。

（あれが、前鬼なんだ……）

美咲は、赤い瞳《ひとみ》をしたあの美しい鬼を思い出す。言われてみれば、さっきの後鬼となにかあい通ずるものがあったように思える。

「そういえば、後鬼が、あの方《かた》って言ってた」

美咲ははっと思い出して言った。

「あたしに、妖魅を呑《の》ませたあと、これであんたはあの方のものって……」

「あの方って、どの方？」

と弘人。

「分からない。……前鬼のこと？」

「同志をあの方とは呼ばんじゃろが」

ハツが否定する。

あの時は旧鼠かとも思ったが、結局彼女の手で殺されてしまった。

となると、黒幕が、別にいる――？

謎は、嫌な方向に深まるばかりだ。

「どうしよう、このままじゃ、あたし……」

ふたたび脳裏《のうり》に黒い靄《もや》が漂い始め、胸元がつかえたようになって美咲は顔をしかめる。

「安心せい。妖魅《ようみ》下《くだ》しという特効薬がある。確かうちに薬を卸《おろ》している業者のなかに、妖魅下しを調合している薬師《くすし》がおったはずじゃ」

「なんだ、それを早く言ってよ、おばあちゃん」

美咲はほっと胸をなでおろした。

しばらくして、ハツが店の裏棚《うらだな》用の商品台帳を何冊か持って戻ってきた。頁《ページ》を繰《く》りながら、三人は妖魅下しの四文字を探す。

「妖魅下し……、妖魅下し……、あったぞ」

弘人が項目を発見した。

「薬師の名は孔海《くうかい》。住所はぎりぎり本区界になってるな」

「今は、店にその薬は仕入れていないのね」

「そうそう需要《じゆよう》のあるもんでもないのでな。妖魅下しに関しては、本人を診立《みた》てて調合されるものだから、うちは取次をしているのにすぎん」

とハツは言う。

『裏町之地図』で、その棲《す》み家《か》を確認する。現し世でいうと、京都府《きょうとふ》と滋賀《しが》県の境《さかい》、比叡山《ひえいざん》のふもとあたりになる。辺鄙《へんぴ》な場所なので、ここからなら裏町の抜け道を使ったほうが早そうである。

「一人で行くには遠いし、夜道は危険じゃ。弘人殿に付き添ってもらえ」

ハツが言う。

「えっ、いいの？」

美咲は弘人を仰《あお》いだ。

「いいよ。おまえひとりじゃ、たぶん明日になっても辿《たど》り着けないだろ」

「どういう意味なのよ、ソレ」

美咲はむくれる。

「妖魅は肉体ではなく精神に寄生するもの。いまは妖魅に心を喰《く》われぬよう気をしっかり持たねばならん。いかなる負担も厳禁じゃ」

「精神に寄生って、どういうこと？　あたし、確かに何か口から入れられたけど」

「おまえが感じたその感覚自体が幻《まぼろし》なんだよ。現し世じゃありえないものだから想像しにくいけどな。妖魅に実体はない。後鬼はそれを、おそらく水を媒体《ばいたい》に操った」

と、弘人が言う。そういえば、仕込む直前に、浄瓶から水をラッパ飲みしていた。

「そんなヘンなのがほんとに薬で治るの？　もし薬が効かなかったりしたらどうすればいいのよ」

「自分で始末できないのなら、誰かに移すことで解放されるってパターンもある。寄生妖怪はより強い宿主に鞍替《くらが》えして成長する特性があるからな」

「移すって、どうやって？」

「後鬼がおまえにしたみたいに。口移しされただろ、個体どうしの濃厚な接触でそれが適《かな》う」

「濃厚な接触……」

後鬼との奇妙な口づけを思い出して、ふたたびぞわぞわと鳥肌がたった。

「口移し以外の方法はないわけ？」

「もっと親密なやり方になるけど。聞きたいのか？」

弘人はこんなときなのに、意味深《いみしん》な笑みを浮かべて美咲を見る。からかうような、どこか面白がっているような。

(もっと親密って……もしかして)

美咲ははたと思い当たって赤面《せきめん》した。訊《き》かない方がよかった。

「しかし他人に渡すといっても、渡された方はただではすまぬ」

ハツが深刻な顔で言うと、弘人も頷《うなず》く。

「そう。妖魅は宿主の精気を撚《よ》って成長するものだ。だから他者から受けた妖魅は異物とみなされ、ほとんどが拒否反応を示す。同族どうしでも、適合率はきわめて低いらしい。──まあ、適合なんかしたところで、貰《もら》い受けた奴が辿る道は同じなんだけどな」

どのみち妖魅に打ち勝つ力がなければ、乗っ取られてしまう。

「……そうなんだ」

美咲は重いため息をつく。事態は深刻である。

「おぬしの未熟な力では妖魅を駆逐《くちく》できるとは思えぬ。薬で下すより方法はない。急がねば。自我を喰われたら最後じゃや。こやつは時間の経過とともに力をつけてくる、味わう地獄もその分深まるぞよ」

ハツにそうしてせきたてられ、美咲はその日のうちに、弘人とともに本区界の薬師のもとへと向かうこととなった。

4

急がねば、夜が更《ふ》けてしまう。

ふたりは、薄暗い小道を足早に歩いた。

夜なので街道筋には提燈《ちょうちん》が灯《とも》り、ふらり火《び》の集団やのっぺらぼうなど、妖怪《ようかい》たちの姿もちらほらと見える。

（今日は、はぐれないようにしなくちゃ）

渡し屋に寄って抜け道を聞き出し、いくつもの店といくつもの抜け小路《こうじ》をくぐって、本区界のはずれの目的の場所に辿《たど》り着いたのはおよそ一時間後のことだった。

あたりの景色が、紅蓮《ぐれん》の月に照らされてしんと浮かび上がる。

静かな里山だった。遠くの峰々《みねみね》は黒く沈み、見たこともない怪鳥《かいちょう》がギャアギャアと不気味な鳴き声を上げて空を横切る。現《うつ》し世《よ》の夜よりも、ずっとものものしい雰囲気《ふんいき》に満ちていた。

「大丈夫か」

弘人《ひろと》が美咲《みさき》を気遣《きづか》う。

九十九折《つづらおり》になった山路《やまみち》を一気に登ったせいで、息が上がっていた。

「うん。薬で治るって分かってから、ヘンな幻《まぼろし》が出てこなくなった」

精神に寄生するというのは本当のようだ。前向きな気持ちでいるから、おそらく妖魅《ようみ》は成長できないでいる。

「もう、監視してるだけじゃないのね」

美咲が、だしぬけに言った。

「ん？」

「最初、自分は見てるだけだと言ってたじゃない。でもいまは、こうしてあたしに協力してくれてるわ」

「ああ。妖魅のうえに『高天原《たかまがはら》』まで絡《から》んできたからな。さすがにおまえひとりで捌《さば》ける規模の仕事じゃないだろ」

「巳《み》ノ分店《ぶんてん》は、このこと知ってるの？」

「いや。酉《とり》ノ分店の手柄《てがら》にしたいとハツさんが言ってたから、まだ伏せてあるけど。応援を頼むか？」

美咲は少し考えてから、答えた。

「まだ、いい。できるだけ、自分の力で頑張ってみる」

どう乗り切るのか。自分の実力を知りたいという思いがあった。それに、弘人がそばにいてくれるだけでずいぶん心強かった。なにか、腹に一物《いちもつ》というはじめの頃の印象もなくなり、いつのまにか素直に信じられる存在になっている。だから、応援などはいらないと思った。

孔海《くうかい》の住処《すみか》は、坂道を上がりきったところにあった。

夜霧《よぎり》がたちこめている。人里離れた、あたりは鬱蒼《うっそう》と木々の生《お》い茂《しげ》るばかりの寂《さび》しい場所だ。薬師《くすし》の好んで籠《こも》りそうなところだと美咲は思った。

「ここだな」

六角形の、白壁にくすんだ色あいの瓦屋根《かわらやね》の一軒家だった。

「ごめんください」

美咲は戸を叩《たた》いた。反応がない。

「留守かしら」

二人は戸を開けて中を覗《のぞ》いてみた。暗がりで中がよく見えない。

弘人は先に中へ足を踏み入れた。夜目が利《き》くというが、美咲のために行灯《あんどん》を見つけて火をいれてくれた。

中は石敷きの床ひと間で思いのほか広く、天井《てんじょう》も高かった。隅に煮炊《にた》きする竈《かまど》もあるが、火の気《け》はない。薬草らしき草木の束が、ぽつりぽつりと忘れられたように壁にぶら下がっているが、窓ガラスは曇《くも》り、埃《ほこり》が積もっているように見える。

留守というよりも、廃屋《はいおく》然とした眺めである。

「もうここには住んでないのかな」

「……みたいだな」

「どこへ行ったの、孔海さんは」

美咲もそろそろと中へ入っていく。

ハツが最後に妖魅下《くだ》しを取り次いだのは四十年以上も前のことだという。孔海の名はさらにその何代も前から薬師として台帳に記載されていたというから、かなり寿命《じゅみょう》の長い妖怪である。

「ちゃんとまだ生きてるんでしょうね」

「橘屋《たちばなや》がいまも妖魅下しを商品として取り扱っている以上、薬師も健在だ。うちはいい加減な商売はしないはずだぞ」

しかし、よそに越していったとして、行き先が分からないでは困る。

と、そのとき。

「来ると思ってたよっ」

場違いなほどに軽やかな女の声がして、二人は振り返った。

（この声……！）

気配を微塵《みじん》も感じさせず、夜霧のたちこめる闇《やみ》の中から戸をくぐって入ってきたのは二体の美鬼《びき》、前鬼《ぜんき》と後鬼《ごき》であった。

「なぜおまえらがここに……」

弘人は月明かりに照らされた二鬼の姿に、目を瞠《みは》る。

美咲はまず前鬼に目を奪われた。額《ひたい》の角《つの》や白銀の髪、なによりその冷然とした美貌《びぼう》に、確かにあの時の男であると確信した。今日は柄《え》の長い斧《おの》を体にもたせかけている。ゆるやかな弧《こ》を描いた鋭利な半円の刃が両はしについている。

後鬼のほうは、身なりが裏町の住人らしい丈《たけ》の短い個性的な和装仕立てに変わっていて、浄《じょう》瓶《へい》を紐《ひも》で腰に結んでいた。そして右手に錫杖《しゃくじょう》。二鬼は仲良く、揃《そろ》いのつややかな瑪瑙《めのう》の首数珠《くびじゅず》を下げているのだった。

前鬼が嗤《わら》った。

「孔海とは吾《われ》の名だ」

「なんだと？」

二人は耳を疑った。なんと、前鬼が薬師・孔海とは。

後鬼が水で操って妖魅を仕掛け、前鬼がその治療薬を売りさばくのか。

「いい商売だな」

弘人が嫌味を込めて言う。

「しかし、貴様に飲ませる妖魅下しは、ない」

前鬼が美咲を見やって無慈悲《むじひ》に宣告する。

「そんな！」

美咲は愕然《がくぜん》とする。

（あたし、助からないってこと……？）

「旧鼠《きゅうそ》は座敷牢《ざしきろう》で死んだぞ。なぜ、殺したんだ」

弘人がその行為を咎《とが》めるように言って、後鬼を見据《みす》える。

「きゃはは。あいつは、もう用済みだからよっ」

「『高天原』を手に入れるためのカムフラージュだったたってことか？」

「そうじゃない。小角《おづの》様の仮の御体《ごたい》として、少しのあいだ使わせてもらったのよ」

「御体だと？」

「小角様って……、じゃあ、あれは旧鼠ではなく、役小角《えんのおづの》だったというの？」

美咲は目を丸くした。

「そのとおり」

後鬼はまた、きゃははと無邪気《むじゃき》に笑う。

「役小角は水神《すいじん》の裁きを受けて滝壺《たきつぼ》に沈められたはずだ」

弘人が言った。

「我らが救い出したのだ。あの竜王《りゅうおう》の滝壺からな」

前鬼は肩をいからし、誇らしげに言った。

「そんなことが……、可能なのか？」

「百年かかった。吾々は、来る日も来る日も、滝壺で師を呼んだ。そして、師の魂《たましい》は蘇《よみがえ》った。しかし、その魂を宿すための御体がないのだ。師は人間から神変を遂《と》げて妖怪になった特異な御仁《ごじん》。ゆえにか、どの妖怪の体に入っても、妖力を使うたびに体が腐《くさ》るのだ。未熟な力しか発揮できず、変化《へんげ》すらもままならない。あるいはそれが、水神の科した戒《いまし》めなのかもしれんがな」

前鬼は淡々と続ける。

「師は裁きを受けるそのときに、三百年後に吾らと会おうと言い残された。そしてもうじきその時を迎えるのだ。水神の戒めもそこで解かれよう。それまでに、永遠に腐ることのない、もっと気高《けだか》く、師の器《うつわ》に見合った崇高《すうこう》な御体を手に入れて差し上げたい。——我々は、その御体をここしばらくずっと探していたのだ」

窓から差し込む月明かりを浴びて底光りする前鬼と後鬼の双眸《そうぼう》は、気味が悪いほどに役小角への敬愛に満ちている。

「小角様は体が腐り始めると、大量の精気が必要になるの。それでここしばらく、生身の人間からじかに精気を頂戴《ちょうだい》しに現し世に出向かれていた。現し世の一連の事件は、そのために起きていたことよ。そこで小角様はみずから、折よく、おまえの体を見つけた」

後鬼はそう言って美咲を指さす。

旧鼠の体の傷《いた》みが思いのほかひどく、あの夜、役小角は酉ノ分店に捕らえられてしまった。だが、おかげで美咲という理想の御体を発見できたのだ。その後小角は、牢《ろう》から八咫烏《やたがらす》を使って前鬼らにそれを知らせたのだという。

それで前鬼は、身動きの取れぬ旧鼠に変わって復活に備えた精気を現し世で集め、後鬼は、美咲の体を手に入れるべく妖魅を仕込みに現れたというわけだ。

「そんな……」

美咲は、旧鼠を捕らえたときに向けられたあの禍々《まがまが》しい眼《まなこ》を思い出して、身震いした。

「おまえには人の血が混ざっているでしょ？　さらに天狐《てんこ》の血筋でもある。小角様は、おまえの体で残りの時間を過ごし、おまえの産むであろう子に転生することで天狐小角として完全なる復活を遂《と》げようとお考えなのよ。そして、憎き橘屋に報復する。あたしたちは、その手伝いをしてるんだ」

「天狐小角だと？」

弘人が耳を疑う。

「そう。御体はまもなく手に入る。これ以上腐り続ける旧鼠のなかに留《とど》まる必要はない。それであたしが、仕込みのついでに小角様をひとまず『高天原』にお連れしたのよ」

役小角に実体はない。あのとき、後鬼は旧鼠を殺《あや》めるための薬を飲ませていたのではなく、中にいる役小角を呼び寄せていた。小角は、水の入った浄瓶に移って、牢から逃げたのである。そして、空《うつ》ろになった旧鼠の体は座敷牢でこと切れた。

後鬼が口走ったあのお方、とは、役小角のことだったのだ。

「なぜ『高天原』なんだ？」

弘人が険《けわ》しい表情のまま、尋《たず》ねた。

「小角師が、あの地を望まれたからだ」

前鬼が言った。

「師は、三百年前に裁きを受ける際に、ふたたび竜王の滝壺で会おうと、我々にお言葉を残されている。あそこが、完全復活のためにはふさわしい、約束の地なのだ」

「約束の地……」

竜王の滝壺は、『高天原』の目と鼻の先にあるのだという。

（全部、役小角のため……）

美咲は師を深く慕《した》う心に、胸をつかれた。

しかし、偏執《へんしつ》的で、何かが間違っている。役小角の心は長い年月を経《へ》て、醜《みにく》く歪《ゆが》んでしまったのだ。それを認めずに、かつて師とともに掲《かか》げていた清らかな志《こころざし》さえ捨てて、悪に転じた師の復讐《ふくしゅう》の片棒《かたぼう》を担《かつ》ぐのか。

「妖狐《ようこ》の娘よ、その体をよこせ。いまだお姿の再現さえ適《かな》わぬ、小角様の御為《おんため》に！」

前鬼の言葉と同時に、後鬼が美咲に向かって大量の水を浴びせかけてきた。

また、しびれさせて自由を奪うつもりだ。

が、すんでのところで弘人が美咲の体を突き飛ばし、難を逃れた。すぐさま、取り囲むように御封《ごふ》が張り巡らされ、美咲の体は弘人の結界《けっかい》の中に保護される。

「目障《めざわ》りな鵺《ぬえ》だねっ」

後鬼が苛立《いらだ》たしげに舌打ちした。

「貴様は失せろ!」

言うや否《いな》や、前鬼が両刃斧を振りかぶって弘人に襲いかかってきた。

空気を唸《うな》らせるほどの強い打ち込み。

一振りごとに、弘人の体がそれをかわして後方に飛ぶ。

(速い!)

美咲は双方の人ならぬ俊敏《しゅんびん》な身のこなしに息を呑《の》んだ。

幾度かの猛攻を避けて壁際《かべぎわ》に追い詰められた弘人は、手早く数枚の御封を虚空《こくう》に貼《は》って障壁《しょうへき》を作った。妖力を解放した弘人の瞳は、優美な翡翠色《ひすいいろ》を帯びている。

美咲は弘人のまとう、肌を刺すような強い妖気を、その時初めて感じた。

刹那《せつな》、真っ向から前鬼の斧が叩《たた》き込まれ、黄金色《こがねいろ》の焔《ほむら》が湧いて妖気が激しくぶつかり合う。

初めのうち力は拮抗《きっこう》していたが、斧を使用している分、じりじりと前鬼のほうが優勢になってゆく。

御封の楯《たて》が破られるのと同時に、弘人はひらりと跳躍し、前鬼の頭上を越えて背後に着地した。

そこへ間髪《かんはつ》を容《い》れずに、ひゅっと空《くう》を切る鋭い音がして、横合いから後鬼の錫杖が突きかかってきた。

「ヒロ！」

美咲がとっさに叫び声を上げた。

が、攻撃を見切った弘人は身を傾《かし》いで避けると、錫杖を掴《つか》んでみずからに引き寄せた。

「なに！」

虚《きょ》をつかれた後鬼はつんのめり、強い力で弘人のほうへ引っ張られる。

弘人は後鬼の懐《ふところ》に入り込むと、容赦《ようしゃ》なく入身投《いりみな》げをくらわせた。

「この野郎……」

地に叩きつけられた衝撃に、後鬼が愛らしい顔を醜《みにく》くしかめて呻《うめ》く。

弘人は後鬼の手を離れた錫杖をすかさず拾い上げると、身をひるがえして、ふたたび攻撃を繰り出さんとする前鬼に対峙《たいじ》した。

「その錫杖に触れるな」

前鬼が怒気をはらんだ声で言った。

「それは小角師の形見。穢《けが》れた獣《けもの》の手が触れてよいものではない」

（形見……？）

美咲はふとその言葉に引っかかりを覚える。

弘人はせせら笑った。

「穢れているのはどっちの手だ。復讐の妄念《もうねん》にとらわれた師匠《ししょう》の心の闇《やみ》も見抜けない悪鬼《あっき》が」

「貴様になにが分かる！」

業《ごう》を煮やした前鬼が、ふたたび斧で切りかかってきた。

弘人は錫杖に妖力を孕《はら》ませてそれに応戦する。

かの役小角について修練を積んだだけあって、かなりの手練《てだれ》である。美咲は固唾《かたず》を呑んで、二者の攻防を見守った。と、

「いい護衛を飼ってんじゃないの」

怒り心頭の後鬼が、美咲の前に立ちはだかった。

結界越しに、憎悪《ぞうお》に歪んだ美鬼の面《おもて》が揺れている。

美咲は身をこわばらせた。

後鬼は結界の側面に手をかざした。手は、ばちばちと黄金色の火花を散らして接触を拒《こば》まれていたが、やがて御封を撥《は》ね除《の》けてしまった。崩れるように結界が消えてゆく。

弘人は前鬼の打ち込みを、錫杖を横にして防御している。衝突する妖力が、煙のように細く高く虚空に溶けてゆく。

「さっさとその体をよこしな」

「きゃ……」

後鬼が強い力で美咲の体をなぎ倒し、仰向《あおむ》けにして馬乗りになった。

容赦《ようしゃ》のない力に、美咲は戦慄《せんりつ》を覚えた。

「な、なにするの……」

美咲は震える声で訊いた。

後鬼は無表情のまま、身動きのとれない美咲の唇《くちびる》を手で無理矢理こじ開けると、浄瓶から直接、水を流し込んだ。口の端から漏《も》れた冷たい水が、つうと喉《のど》もとを伝う。

「いい子ね。小角様のために、はやくこの娘の中身を喰《く》らいつくすのよ」

甘い猫なで声。後鬼は美咲の腹に手をかざして妖力を放ちはじめる。それに共鳴して、腹の中の妖魅が動き始めるのが分かった。早く御体を得るために、妖魅の成長を促《うなが》しているのだ。

「やめて！」

脳裏《のうり》に突如《とつじょ》として流れ込んでくる幻覚に、美咲はわななないた。

黒い靄《もや》が生まれ、体の中をどろどろ溶かすように浸食してゆく。その幻《まぼろし》は、妖狐になった美咲と、人間の姿の美咲とが互いに体を傷つけ合う奇妙な映像と同調していた。妖狐のほうが腹に噛《か》みつけば、人間のほうは鉈《なた》を振り上げてその脚《あし》を切り落とそうとする。

互いに、体を取り合っているみたいだ。

血が吹き出し、どちらの衝撃も、肉を引き裂く鈍痛《どんつう》となって自分に返ってくる。

美咲は声にならぬ悲鳴を上げた。

心が弱いから、こんな幻を見るのだ。いつまでも、どっちつかずで迷ってばかりいるから。

「美咲！」

前鬼に錫杖を突きつけていた弘人が気づいて御封を飛ばそうとするが、前鬼が鋭く言う。

「後鬼に手を出したら、あの娘の命はないぞ」

隙《すき》をつかれた弘人の手から錫杖が弾《はじ》き飛ばされ、妖気を失って床に転がり落ちる。

弘人は斧をかざす前鬼から、すぐさま距離をとって離れた。

「美咲《あいつ》の体が必要なんじゃないのか」

「代わりを探せばいいだけのことだ」

前鬼は悠然《ゆうぜん》と答える。ほんとうにそうなのか、あるいは単なるはったりか。弘人は二鬼の肚《はら》が読めずにギリギリと歯を食いしばった。

「やめて……、もうやめて、お願い……」

幻覚に苦しめられる美咲がうわごとのように繰り返す。顔色が、死人のように蒼《あお》い。

後鬼はますます妖力を強めて美咲の腹を押さえる。

「どうした。たかが一体の女人ではないか。……雷神《らいじん》の神使《しんし》も情に惑《まど》って骨抜きになったのか？」

前鬼が手出しできないでいる弘人を煽《あお》ってあざ笑う。

このままでは美咲の体は妖魅に喰《く》われ、役小角の手に落ちてしまう。妖魅下しが手に入らない以上、ここで睨《にら》み合っていても仕方ない。美咲が喰われる前に、ひとまず、退散したほうがいい。

弘人は袂《たもと》に両手を引っ込めた。次いで五指に挟んで取り出した四つの小さな玉を勢いよく空に放つ。

「煙玉か」

前鬼が感づいた。

次の瞬間、爆竹のような派手な音がそこかしこで上がって、月明かりを浴びてやや赤みを帯びた煙が、もうもうと湧《わ》いて出た。

視界を呑み込んでたちこめる煙幕《えんまく》。

(空が、落ちてきた——……？)

身体《からだ》を抉《えぐ》られる苦しい幻の中でその煙幕を見た美咲は、混沌《こんとん》とした意識の渦《うず》に巻かれてそのまま気を失った。

第四章　蝕まれる体

1

丈《たけ》の短い草が、風に揺れている。

みんなと、河川敷《かせんしき》の広場でかけっこをしている。

美咲《みさき》ちゃんはほんとにのろまだなあ。

いっつもビリは美咲ちゃんなんだからあ。

おくれてゴールした美咲をみんなが笑う。

これは子供の頃の記憶かしら。

『ちがうよ、がまんしてるだけなんだよ。だって、一生懸命《けんめい》はしったら、狐《きつね》になっちゃうんだもん。あたし、ほんとはとっても速くはしれるのよ。とっても足の速い、狐の妖怪《ようかい》なのよ』

美咲はそう言って、次の競走は、本気を出して走った。

思い切り地を蹴《け》って、風を切って。

そして、みんなの前で妖狐《ようこ》の姿になった。

青空の下、一匹の白い狐が走る。
一番を取って、得意になって、振り返る。
みんなの様子がおかしい。
美咲ちゃんが消えちゃった。
あの白いの、なに？
みんな気味悪がって、こっちを見ている。
『美咲はあたしだよ。ここにいるよ』
けれど、声は届かない。
白いの、あっちへいけ。
男の子たちが、怖い顔で石を投げつけてくる。
美咲ちゃん、どこへいっちゃったの？
女の子たちは、みんな集まって不安そうな顔をしている。泣き出す子もいる。
『あたしが美咲だよ。あたし、狐の妖怪の子なの――』
美咲が近寄ると、みんなは叫びながら、いっせいに走って逃げ出した。
ひとりになって、美咲は泣いた。
こんな体は、いや。こんな体は、いらない。
あたしもみんなと同じがいい。ふつうの人間がいい。

ざああッと草が、さざめき揺れた。
草の隙間《すきま》から、黒い触手が生えてきた。
おくれ、おくれ、その体をおくれ。
美咲の後ろ脚《あし》は、みるみるうちに黒い触手に搦《から》め捕《と》られる。
『いや、はなして』
おくれ、おくれ、いらないのなら、その体をおくれ。
触手は美咲の白い左脚をもぎ取った。そしてそのまま、草叢《くさむら》を伝ってゆく。
『いや、もっていかないで。それはあたしの足。返して。おねがいだから、返して』
美咲は触手を追いかけようとするけれど、脚が一本足りないのでうまく走れない。
走っても走っても、追いつかない。
返して、お願い……。

突然、目が覚めた。
美咲は目だけできょろきょろとあたりを見回した。
自室のベッドの上だった。カーテンの隙間《すきま》から、やわらかな朝日が差し込んでいる。
(あたし……?)

ゆっくり半身を起こしたところで、ゆりが部屋に入ってきた。

「美咲、目覚めたの？　おはよう」

「お母さん……」

「もう、大丈夫なの？」

カーテンを開けて、ゆりが心配そうに顔を覗《のぞ》き込んでくる。

美咲は、はっとして自分の左足を見た。

ちゃんとついている。ふつうに動かすことも出来る。

「よかった、夢だった」

ほっと胸をなでおろした。

「あたし、どうやってここに？」

妖魅《ようみ》下《くだ》しを調合してもらうために、弘人《ひろと》と薬師《くすし》のもとへ向かったはずだった。

前鬼《ぜんき》と後鬼《ごき》が現れて、事件の裏に役小角《えんのおづの》の復活が係《かか》わっていることが分かり、そのあと戦闘になった。美咲は妖魅を通して後鬼にやられそうになり――

「弘人くんが運んでくださったのよ。気を失ってしまっていたから」

ゆりは美咲に水のペットボトルを手渡しながら言った。

「ヒロが？」

思い出そうとしても、そんな記憶はまったく出てこない。

美咲はとりあえずごくごくと喉《のど》を鳴らして水を飲んだ。久々の水は、妙においしかった。

「お母さん、今日、仕事は？」

ゆりは看護師である。

「うん、もうじき時間だけど、美咲が心配だから休もうかと思って」

「あたしなら、大丈夫だよ。おばあちゃんもいるし」

「そう？」

ゆりは迷っていたが、美咲にすすめられて仕事に出ることに決めた。

「じゃあ、ゆっくりやすみなさい。せっかく学校も休みなんだから、無理をしては駄目よ。お腹《なか》がすいたら、ちゃんとご飯を食べるのよ。用意しておいたから」

念を押すように言うと、部屋をあとにする。そうだ。今日は日曜日。弘人が来て一週間あまりが過ぎたことになる。

ひとりになると、美咲はふたたび横になった。

ずいぶん昔のことを夢に見た。あれは、まだ小学校にあがったばかりの頃のこと。いつものように川原《かわら》で遊んでいたとき。ほんの出来心で、変化《へんげ》の力をみんなに話して自慢してしまった。当時はまだ、自分が妖狐《ようこ》であることは誇りだった。自分は特別なのだという事実が嬉《うれ》しい年頃で、ハツからきつく禁じられていたので仕方なく正体を隠していただけなのだ。

実際は、夢とはちがって、みなの前で変化することはなかった。

小さい頃から、妖怪の存在は絶対に隠さねばならないときつく言われて育った。雷神《らいじん》の怒りにふれるというハツの脅《おど》し文句が怖くて、あの時もぎりぎりのところで思いとどまったのだ。

美咲の言葉を、だれも信じてはくれなかった。嘘《うそ》つき呼ばわりされて、笑いものになって終わった。

以来、もう二度と自分の素性《すじょう》は口外《こうがい》しまいと、美咲は固く決心した。美咲が妖狐の自分から目を背《そむ》け始めたのは、たしかその時からだった。

妖狐でなければ、こんな思いをしなくてもすむ。みんなと同じがいい。ひとりになりたくない。そういう思いが、妖怪の血から目を背ける行為に繋《つな》がった。

でも、それでよかった。もしあのとき変化の力をみなに示していたとしても、気味悪がられただけのような気がする。さっき夢で見たみたいに……。

美咲はため息をついた。

夢は、おそらく妖魅の仕業《しわざ》だ。脚をもぎとった黒い触手は、まぎれもなく脳裏に漂い出てくる妖魅の黒い靄《もや》と同質のものだった。不安定な美咲の心を具現化して、精神的にダメージを与えようとしているのだろう。

寝ていてもつまらないことばかり考えてしまう。美咲は起きて、昨日風呂《ふろ》に入れなかったのでシャワーを浴びてから部屋着に着替えた。

さっぱりして居間に行くと、弘人が御封《ごふ》を綴《つづ》っているところだった。

「おはよう。調子はどう」

「うん。いまは平気みたい」

美咲は弘人の向かいに座り、流麗《りゅうれい》な筆運びをじっと眺める。御封は、使う本人が綴ったものでないと、いうことをきかない。彼が本店から持参《じさん》したものは使い切ってしまったようだ。

「きれいな字……」

(ほんとに何やらせてもソツなくこなすんだから、この男は)

印形《いんぎょう》や綴りは手本を写したかのように美しい。ガタガタで崩れまくりの美咲とは大違いだ。

「おまえも書き溜《だ》めしといたら」

「いいの。一気に使えないせいで、ちっとも減らないから。それより、あの……、あたし、重かった?」

「ん?」

「ここまで、ヒロが運んでくれたって聞いたから……」

想像すると、なんだかどきどきする。いったいどんなふうに抱えられてきたのだろうか。

「ああ。通りすがりの朧車《おぼろぐるま》に無理やり押し込んだだけだから気にすんな」

「ええーッ、朧車ぁ?」

美咲は目を剝《む》いた。朧車は牛車《ぎっしゃ》の妖怪《ようかい》だが、橘屋《たちばなや》に雇《やと》われて高野山《こうやさん》送りになった妖怪《ようかい》を運ぶ仕事をしている、裏町の護送車である。

「あたし犯罪者と相乗りしてきたってこと？」

「冗談だよ。おまえ一人運べるくらいには鍛《きた》えてある」

弘人が御封に目を落とし、筆を滑らせながら笑う。

「あ、そ、そう。ありがと……」

美咲は胸元を押さえて、ほっとしたように言った。

「とりあえず、あのまま妖魅に体を乗っ取られなくてよかったな。まあ、まだ自我《じが》を持つほどに成長してなかったってだけだから、油断はできないが」

「うん。……あのあと、一体どうやって切り抜けたの？」

前鬼も後鬼も、強い奴《やつ》だったが、後鬼が腹に乗ってきてからの記憶があいまいだ。

「煙でまいただけ」

端的に、弘人は答える。

「煙？　そういえば、あたし、空からたくさんの雲が落ちる幻《まぼろし》を見たわ」

それが、弘人の張った煙幕《えんまく》だったのかもしれない。

「あのせこい眼眩《めくら》ましは橘屋の七ツ道具の一つだ。けっこう使えるぞ」

御封や、狼藉者《ろうぜきもの》を縛《しば》る龍の髭《ひげ》もそのうちのひとつにすぎないのだという。

強いといえば、弘人もたいそうな腕前だった。美咲をかばいながら、二鬼と互角に渡り合っていたのだ。この男がいなければ、いまごろとっくに美咲は役小角に体を奪われている。

「ありがとう、助けてくれて」

美咲はあらためて礼を言った。祭りの夜もそうだったけれど、なにか、弘人には温かいものを感じるのだった。そばにいると、安心できるもの——その感覚は、少しずつ、けれども確実に美咲の胸に刻まれてゆく。

「飯は?」

「うん。いまから、食べてくる」

美咲は立ち上がった。ゆうべから何も食べていないので、ずいぶんお腹が減っていた。が、台所に向かいかけた美咲は、嫌な予感を覚えて足を止めた。

(あ……、また……)

来た。軽い眩暈《めまい》とともに黒い靄《わ》が湧き出てきて、妖魅が動き始めるのが分かった。

(いや!)

美咲は固く目を閉ざし、襲いかかる幻覚を追い払おうと頭を振った。靄が吹き出すたびに、体を侵食された自分に記憶がまき戻ってしまう。

しかし、後鬼に妖気を送り込まれて増幅したらしい妖魅は、より強い力で美咲の意識を喰《く》い荒らしてゆく。

「おい」

弘人が異変に気づいて筆を置いた。

美咲は靄に侵《おか》される頭を抱えながら、自分の左足を見た。ない。喰われている！

美咲は蒼白《そうはく》になった。膝《ひざ》から下を喰われていたことを、思い出してしまった。

「大丈夫か」

弘人が駆けつけるのと同時に、美咲はバランスを失ってその場に崩れた。

靄が、これまでにない速さで意識下に広がる。

「いや、いやだ、あたし、喰われてしまう。やめて、これ以上……」

体を貪《むさぼ》られる恐怖にとりつかれた美咲は、体をくの字に縮めてがたがたと全身を震わせた。

弘人は美咲のもとに膝をついた。

「落ち着け、それは妖魅が見せている幻だ。おまえのその、喰われるのを恐れる気持ちがそいつの餌《えさ》になるんだ」

「だって、あたしの足、もう一本なくなってる。他の人には幻でも、あたしにとっては、ほんとに起きてることなのよ！」

美咲は声に恐慌《きょうこう》を滲《にじ》ませて訴えた。感情が昂《たか》ぶって、涙が一気にぼろぼろと溢《あふ》れ出た。

いらないなら、おくれ。

黒い靄は足から胴体のほうへ這《は》い上がってきた。容赦のない力でぎりぎりと身を締め上げる。

「やめて、苦しい……やめ、て……」

美咲は臓腑《ぞうふ》を抉《えぐ》られるような苦しさに泣き喘《あえ》ぎながら胸元をかきむしる。呼吸が苦しくなり、もう言葉さえ、紡《つむ》ぐことが出来ない。

「おまえには足も手もちゃんとある。気を強く持っていれば、それ以上喰われることはない！　大丈夫だ。大丈夫だから、もう泣くな！」

弘人は、むせび泣きながら力を失ってゆく美咲の半身を支えるように抱きかかえた。

必死に言い聞かせる声もむなしく、美咲の額《ひたい》には脂汗《あぶらあせ》が滲み、呼吸が浅くなっていく。

ほんの短時間のうちに、美咲の精神は思わぬほど深いところまで攻め込まれてしまった。

「なんじゃ、妖魅が動き出したかッ」

声を聞きつけて、ハツが縁側からやってきた。

「美咲、しっかりせい」

「たすけ、て……」

美咲が消え入るかのようなか細い声を絞《しぼ》り出して、弘人の小袖《こそで》をぎゅうと握り締めた。

幻覚に負けて、目を閉ざしてしまう。青ざめた頬《ほお》を、苦悶《くもん》の涙がゆっくりと伝う。

「おれを見ろ、美咲」

弘人はまっすぐ美咲の目を見据《みす》え、名を呼び、その肩を強く揺さぶった。目を閉ざしたら、恐れや不安が膨張《ぼうちょう》する。本当の自分からますますはぐれてしまう。

美咲の虚《うつ》ろな視線は、弘人の姿を探すようにうろうろとさ迷う。眉根《まゆね》をしぼって、懸命《けんめい》に。

意識下で戦っているのだろうか。けれど、もはや焦点《しょうてん》が定まらない。

「妖魅め。……おれのところに来るか」

弘人が焦《あせ》りと苛立《いらだ》ちを隠しきれぬ様子でつぶやくと、

「なりませぬ！」

ハツが遮《さえぎ》った。

「なりませぬぞ、弘人殿！　そやつはすでに美咲に寄生した妖魅。それを喰っては、弘人殿の心《しん》の臓《ぞう》が持ちませぬ」

「閻魔帳《えんまちょう》で、過去に別の寄生妖怪を自分の腹で始末した事例を見たことがあります」

「なんと！　……しかしそれは別の寄生妖怪の話ですじゃ。この、美咲の精気を喰らった妖魅が始末できるという保証《ほしょう》はありませぬ」

「だったらどうしろというんです、このままこいつを見殺しにするわけにもいかない」

弘人は険《けわ》しい顔で言い募《つの》る。

ハツはじっと美咲を見据えながら、覚悟を決めたように言った。

「ならばこのハツが始末をつけまする。どうせ先のみじかい老いさらばえた身です。ここで大事な孫娘を失うくらいなら、喜んで身代わりを引き受けましょうぞ！」

「だめだ。あなたにはまだ、美咲に教えてやらねばならないことがたくさん残っているはず。それに妖魅は、若い者の体にしか移らない……」

たとえ妖力《ようりき》が強かろうとも、美咲よりもはるかに年嵩《としかさ》のハツには、妖魅が寄生しない。妖魅は、どの個体に寄生すればより長く、より強い妖怪として生きながらえるかを知っているのである。

「無念なことじゃ」

ハツが嘆《なげ》くように言って、握った拳《こぶし》を畳《たたみ》に叩《たた》きつけた。

「ごめんなさい……おばあちゃん……あたしのせいで……あたしがもっとしっかりしてれば……」

意識を繋げたらしい美咲が、涙声で言葉を絞《しぼ》り出した。

息が荒い。自我が喰われてしまえば、この体は完全に乗っ取られてしまう。そうなったらもう、彼女を元に戻す手立てはない。

弘人は肩で息をする美咲をじっと見た。

寄生妖怪を腹の中で始末するというのは、理論的には可能だ。強い精神力と妖力で打ち負かすことさえできれば。問題は、一度美咲の体内に寄生していたものであるという点である。

美咲の血に、自分の血がうまく適応するとは思えない。それがどうでるのか。自力で乗り切れるものなのか。大きな危険が伴《ともな》う。一か八かの賭《か》けみたいなものだ。

しかし、このまま彼女が喰われる姿をむざむざと見てもいられない。

弘人は美咲の頤《おとがい》に手をやった。

唇《くちびる》は乾き、色を失っている。

もはや一刻の猶予《ゆうよ》もない。

「来い――」

低く唸《うな》るようにつぶやくと、弘人は意を決して美咲に口づけた。

2

そのとき、弘人《ひろと》の黒目は確かに妖気《ようき》をおびて、美しい翡翠色《ひすいいろ》をしていた。

押し当てられた唇《くちびる》の感触に、美咲《みさき》は目を見開いた。いきなり口づけをされて、苦悶《くもん》に締め出されかけていた自我《じが》が戻ってくる。

「なにをなさる、弘人殿！」

傍《かたわ》らでハツが仰天《ぎょうてん》して叫んだ。

「それは危険じゃ、おやめなされ！」

その言葉で、弘人が、自分の体に妖魅《ようみ》を呼び込むつもりなのだと分かった。

だめだ。こんどは弘人がやられてしまう。

美咲は、上半身を支えてくれている弘人から離れようともがいたが、腕をとられて、いっそう強く懐《ふところ》に抱《かか》えこまれた。身動きしようとしても、もはや彼の力がそれを許さないのだった。

(どうして……！)

焦《あせ》りと息苦しさに開きかけた美咲の唇を割って、すかさず弘人の舌先がすべり込んできた。息もつかせぬまま、しかと舌を絡《から》めて妖魅を誘う。

美咲の心拍数《しんぱくすう》が一気に上がった。

「なりませんぞ、弘人殿！」

ハツが繰り返し声を張り上げた。

「んーっ」

美咲も抗《あらが》いながら、間近に迫った弘人の顔を咎《とが》めるように見た。硬質な輝きを帯びた弘人の双眸《そうぼう》に揺らぎはない。視線がかちあうと、美咲の抵抗を拒否するかのように目を閉ざしてしまう。

他者の体に宿った妖魅を体に入れたら、どうなるのか。

しかし弘人は、新たな宿主《しゅくしゅ》の存在を知らしめるかのように、より強く、深く舌を絡める。

体中が、火がついたように熱くなった。互いの熱が舌で溶け合う感覚に眼が眩《くら》みながらも、美咲はなおも体を反《そ》らせて抵抗を試みた。

(あ……)

やがてその瞬間が訪れた。

黒い靄《もや》が、形を失ってゆく。脳裏《のうり》にまたたく幻影に、美咲は身動きすることを忘れた。

五臓《ごぞう》を蹂躙《じゅうりん》していた妖魅が、格好の宿主を見つけて動き始めている。

だめ、そっちへ行ってはいけない。

二人の間《あいだ》にあるのは、幻《まぼろし》にすぎない。にもかかわらず、するすると喉元《のどもと》を這《は》い上がってゆくものがあった。なんと奇妙な感覚だろう。それは確かに、口づけを介して美咲から他者の――弘人の体へと移動しているのだった。

長いようで短い時間が流れた。

美咲の中から、あの忌《い》まわしい黒い靄が完全に消えてしまうと、弘人は唇を離して美咲を解放した。

美咲は水から上がったときのようにしばし浅い呼吸を繰り返した。一方で、腹に居座っていた得体《えたい》の知れぬ塊《かたまり》が消えてなくなった感じがしている。

「ヒロ……？」

ふと美咲はその名を呼んだ。

妖魅を受け入れた弘人は、畳《たたみ》に目を落としたまま微動だにしない。

「ヒロ、大丈夫……？」

「弘人殿！」

美咲とハツは、固唾《かたず》を呑《の》んで事態を見守る。

弘人は答える代わりに、苦虫を噛《か》み潰《つぶ》したような面持《おもも》ちで長々と息を吐き出した。

出したいのはため息ではない。しかし、妖魅を体から追い出すことは適《かな》わない。さっきまで同じ状態だった美咲には、その苦しみが手にとるように分かった。

「障《さわ》りはございませぬか、弘人殿」

ハツが不安げに顔を覗《のぞ》き込む。

「大丈夫です」

覇気《はき》のない低い声で弘人は頷《うなず》いた。返事とは裏腹に、五臓を襲うおぞましい幻覚に耐えかねてか口元を拭《ぬぐ》う。

「あの、本当に、大丈夫なの？」

美咲は明らかに具合の悪そうな弘人を見て、不安になった。

「ああ。それよりおまえは……」

弘人が美咲に目を向けた。

「あたし……、嘘《うそ》みたいにすっきりしてる」

美咲ははたと胸元を押さえた。体に巣くっていた重いものはすっかりとなくなって、本当に、信じられないくらいに心が軽い。抜けたのだ。妖魅によってもたらされていた一切の幻が。

「よかったな」

弘人は薄く笑う。

「ありがと……」

美咲は複雑な思いで礼を言う。

「少し寝てくる」

一言それだけ告げると、弘人は立ち上がった。

ハツが床《とこ》をのべるよう美咲に言いつけるが、弘人は気遣《きづか》い無用とばかりに拒《こば》んだ。

美咲ははなれに向かう弘人を追おうと腰を浮かしかけたが、脱力してその場にへたり込んだ。

妖魅は抜けたが、思いのほか消耗《しょうもう》していた。

重い溜息《ためいき》が出た。まだ何も解決していない。妖魅は始末できたわけではなく、ただ、美咲から弘人の体に移ったというだけなのだ。

弘人の瞳の色が、翡翠色のままなのが気にかかった。


数時間がすぎた。

あれからはなれの一室にこもったきりまったく気配が窺《うかが》えない弘人が心配になって、美咲は様子を見に行ってみた。

部屋の障子《しょうじ》はきっちりと閉ざされている。

美咲は戸の前でひとつ、深呼吸をした。唇を重ねたことについては、しっかりと頭から締め出しておいた。苦しみにかすんで記憶は曖昧《あいまい》だが、なんとなく感覚は体が覚えている。思い出すたびに耳まで赤くなるけれど、いまはそういう浮かれたことを考えている場合ではない。

「ヒロ。起きてる？」

美咲は少し緊張しながら障子戸の向こうに声をかけた。

「ああ」

「入ってもいい？」

「どうぞ」

美咲は障子を開けて、中に入った。

弘人はこちらに背を向けて、手枕《てまくら》でごろりと横になっていた。誰かと喧嘩《けんか》でもして、不貞寝《ふてね》をしているようにしか見えない。

「平気なの？」

「平気じゃないな」

ぼんやりとして抑揚《よくよう》のない声だった。ハツが客人と話し込むとき手慰《てなぐさ》みに使う将棋《しょうぎ》の箱をひっくり返し、駒《こま》をつまらなそうに弄《もてあそ》んでいる。

「なに？」

美咲が黙っているので、弘人が億劫《おっくう》そうに振り返った。瞳は依然《いぜん》として翡翠色で、面差《おもざ》しはどことなく憔悴《しょうすい》して見える。

「その目……」

苦しいのではないか。妖気を抑《おさ》える力もないくらいに。

美咲は、ふつうの人間の生活への執着《しゅうちゃく》が捨てきれないせいで、脚《あし》を喰《く》われてしまう幻影を見た。弘人はその脳裏に一体なにを見ているのだろう。

沈黙がおちた。

弘人は、ドミノ倒しでもするように、ゆっくりと将棋の駒を等間隔に立てて並べ始めた。何も話してくれないので、美咲は不安になった。

「あの……お、怒ってる?」

「べつに怒ってない。考えてるんだよ。どのやり方で、こいつを始末しようか」

こいつとは、腹の中の妖魅のことだろう。怒っていないと言われても、美咲の気は晴れない。

駒は一分《いちぶ》の乱れもなく、整然と並べられていく。

「始末なんて、できるの?」

「さあ」

いつになく口数の少ない弘人に、美咲は戸惑《とまど》った。決して将棋倒しの支度に夢中なのではない。どこかうわの空で、ただ手を動かしているだけだ。負い目があるせいか、美咲はその沈黙を気まずいものとしてしか捉《とら》えられなかった。

「ごめんね、ヒロ」

美咲は小声で言った。

「……ごめんなさい、あたしのせいで」

将棋の駒が、からからと音をたてて倒れていった。

唇を噛《か》みしめて頭《こうべ》を垂《た》れる美咲を、弘人は一瞥《いちべつ》する。

「自分を責めてる暇《ひま》があったら、修行にでも励めよ」

素っ気ない口調で返す。

拒まれているような感じがして、美咲の心は痛んだ。

当然だ。内心ではあきれているに違いない。後鬼《ごき》の正体を見破れずに屋敷《やしき》に上がらせ、おめおめと妖魅を仕込まれたのは自分だ。もっと慎重《しんちょう》になっていれば、防げた事態なのだ。

弘人はそれきり、美咲のほうを見ようとしない。責めない代わりに、泣き言や言い訳も許さないといった顔をしていた。その厳しい目を、見たことがあると思った。『八客《はっかく》』で美咲がみなに取り囲まれて返答に困ったとき。あの時も、そんな冷静な目をして、ただ黙っていた。

「うん、……わかった」

美咲はうなだれたまま、小声で頷いた。

(優しいときもあるのに……)

けれど、それに甘えているようではいけないのだろう。

「あたし、行くね」

気詰まりな空気にいたたまれなくなって、美咲は部屋を出ようと障子の縁《へり》に手をかけた。強くならねばならない。誰かに守ってもらわなくてもすむように。

美咲が目を伏せて、心に言い聞かせたそのとき。

どかどかと渡り廊下《ろうか》のほうから足音が轟《とどろ》いてきた。

「ここかー、弘坊《ひろぼう》は」

スパンと勢いよく障子戸が開けられる。

「酒天童子《しゆてんどうじ》！」

美咲が一歩退《しりぞ》いて、意外な客人に声を上げた。

「今日も二ノ姫のところだと聞いて迎えに来てやった」

酒天童子は陽気に言って、にっと笑った。あいかわらず派手な着物に身を包み、威風堂々《いふうどうどう》たる風体《ふうてい》。

「なんだ、昼間っからこんなところにしけこんで。もう二日酔いか、弘坊は」

事情を知らない酒天童子は横になっている弘人を仁王立《におうだ》ちで見下ろす。

「いや、そうじゃないけど」

「今夜は『八客』に行くぞ」

どうやら酒飲みの誘いらしい。

「悪い。今日は無理だ。他をあたってくれ」

弘人は酒天童子の嬉々《きき》とした面《おもて》から顔を背《そむ》けると、手をひらつかせて断った。

「なに寝言ぬかしてやがる。今日は黒蝮酒《くろまむしざけ》の日だぞ。十年に一度の蔵出しモンなんだぞ。おまえじゃなきゃ相手にならん。迎え酒だ、来い」

「あー頼むから勘弁《かんべん》してくれ。もう、なんか、大しけの玄海灘《げんかいなだ》航行中って感じなんだよ」

弘人は渋面《じゆうめん》をつくると、それきり身を起こすどころか、力なく畳に突っ伏してしまう。

美咲は弘人の想像以上の疲弊《ひへい》ぶりに焦《あせ》りを覚えた。やはり、血に合わない異物を体に取り込んだために、体力を消耗しているのだ。

酒天童子は、連れ合いの不調に、いたく不服そうに唇を尖《とが》らせる。

「ふん。つまらんな。一体なにがあったのだ」

ぎろりと向けられた鋭い眼《め》に、美咲は一歩、たじろいだ。

3

「で、ハツ婆《ばあ》が止めるのも聞かずに妖魅《ようみ》を呑《の》み下《くだ》したというわけか」

事の次第を話すと、酒天童子《しゆてんどうじ》は瞑目《めいもく》して唸《うな》った。

「……うん。そうなの」

「妖魅は後鬼《ごき》の十八番《おはこ》だからな。役小角《えんのおづの》と出会う前は、その手で夜な夜な区界荒らしをしていた。寄生妖怪《ようかい》は厄介《やっかい》だ。俺様もむかし別の輩《やから》に仕込まれかけたことがあるが、一度精神《なかみ》を喰《く》われたら自我《じが》を取り戻す手段がない。──おまえさん、大丈夫なのか？」

酒天童子は横になったままの弘人《ひろと》を見やる。

「さあ。とりあえず薬はあきらめたよ。作ってる奴《やつ》が、前鬼《ぜんき》じゃあな」

「それは俺様も初耳だった。小角の処罰以来えらくおとなしくしていると思ったら、精気を蓄《たくわ》えていよいよ報復開始か。……しかし護世神《ごせいしん》の力は絶対だぞ。一度水に変えられた役小角が復活することなどありえないはずなんだがな」

酒天童子は腑《ふ》に落ちない様子で言う。

「おれもそこが気にかかってるんだ。奴《やつ》らは百年かかったと言ってた。小角の沈められた滝壺《たきつぼ》で名を呼び続け、百年後に救い出したのだと」

「滝壺か。小角が沈んだのは確か、月ヶ瀬《つきがせ》の竜王《りゅうおう》の滝壺だったな。月ヶ瀬は、現《うつ》し世《よ》でも隠《かく》り世《よ》でも梅林《ばいりん》の広がる麗《うるわ》しい梅の里だ」

酒天童子が言う。長生きしているだけあって、博識な妖怪である。

「そういえば『高天原《たかまがはら》』のまわりも梅の木だらけだったなあ」

弘人が気《け》だるげな口調で思い出したように言う。

「梅の里……」

美咲はその美しい響きに心惹《ひ》かれてつぶやいた。

「しかし、水神《すいじん》の神効《しんこう》に打ち勝つなんて。百年かけたとして、そんなことが可能だと思うか？」

と弘人。

「ありえん」

酒天童子は断言する。童子は千年近くも生きてきた鬼神《きじん》である。その彼でも、過去にそういう事例を見たことはないという。そもそも、護世神の裁きをじかに受けた者自体が珍しい。

「おまえら、役小角が水神の裁きを受けることになった詳しい経緯《いきさつ》を知っているか」

酒天童子に問われ、ふたりは頷《うなず》いた。

「大勢の人間を裏町に連れ込んだと聞いている」

「あたしも」

隠り世では紛《まぎ》れもない大罪である。

「うむ。しかしやむを得ない事情があった。いまから三百年ほど遡《さかのぼ》った江戸《えど》の頃に、現し世の遠州灘《えんしゅうなだ》一円に大地震が起きた。のちに宝永《ほうえい》の大地震とよばれている大規模なものだ。その頃、役小角は現し世の生駒山麓《いこまさんろく》に居《きょ》を構えていた。生駒は茶筅《ちゃせん》の発祥地でな。材料の竹を田んぼや庭で寒風にさらす風景は冬の風物詩なんだぞ」

「茶筅て何？」

美咲が問う。

「茶を点《た》てるときに使う道具だ、こうシャカシャカっとな」

酒天童子が手で真似《まね》てみせる。

「ああ、あの小さい竹箒《たけぼうき》みたいなやつね！」

「竹箒ィ？」

酒天童子は聞きとがめるが、弘人がこめかみを押さえながら先を促《うなが》した。

「いいから続けてくれ、酒天童子」

「うむ。役小角は日頃から、その茶筅作りにはげむ村人の姿にいたく感心の念を覚えていたので、地震が起きたとき、山の神として姿を現し、数十人の村人たちを裏町に避難させてしまったのだ。たまたま錠前《じょうまえ》が壊れて、現し世と隠り世の行き来が可能になった鳥居《とりい》があったのが間違いのもとだったようだ」

「じゃあ、いいことをしたんじゃないの、役小角は」

美咲は非難めいた声を上げた。咎《とが》められるようなこととは思えない。

「それは現し世側に住む者の言い分だな」

酒天童子は苦笑する。

「ヒトを隠り世に連れ込むなど、絶対にあってはならない。黄泉《よみ》の国を見学させるようなもんだぞ。だからこそ役小角はみずからの過《あやま》ちを認め、自首する形で橘屋《たちばなや》に相談した。罪は罪だ。護世神の怒りに触れるおそれさえもあった。それで協議の結果、小角は水神の裁きをうけることとなったのだ。あれは裁きを受けたというよりもむしろ、供犠《くぎ》になったといったほうがいいな」

「生贄《いけにえ》ってことだよ」

意味を訊《き》こうとした美咲に、弘人が教える。

「生贄……」

命と引きかえに神の怒りを鎮《しず》めたのだとしたら、そういう言い方をせざるをえないのかもしれない。役小角は、生駒の村人たちの命を守り、さらに二つの世界の秩序《ちつじょ》を守るため、命を賭《と》して罪を償《つぐな》ったのである。

「分かるか、そういう役小角が、橘屋への報復を目的に、みずからの復活を望むとは考えにくいだろう」

そもそも彼は、修行のかたわらで、里人の求めに応じて悪人を懲《こ》らしめたり、諍《いさか》いの仲裁に入ったり、呪術《じゆじゆつ》で病《やまい》を治すなどの奇跡さえ繰り出してきた徳の高い人物だったのだ。

三人の間に沈黙が落ちる。

美咲の頭には、おそらくほかの二人と同じ疑問が浮かんでいる。

だとしたら、旧鼠《きゆうそ》の中に入っていたのは何者なのか。

もし蘇《よみがえ》ることなど不可能なのだというのなら、なぜ小角は三百年後の春に、ふたたびその地で会おうなどと約束を結んだのだろう――。

座敷《ざしき》で話し込んでいても埒《らち》が明かないので、美咲と酒天童子は部屋を出て、母屋《おもや》に戻った。

弘人を休ませたいという思いもあった。目下《もっか》の悩みは彼の中にいる妖魅だ。

「大丈夫かな、ヒロ」

「あ?」

「眼《め》の色を見たでしょ? 妖気を隠しきれないくらいに体が弱ってるってことよね」

「いや、あれはただの攻撃色だろう。腹の中に妖気なり毒なりを送り込んで……」

「えっ、毒って、自分の体に?」

美咲はぎょっとする。

「鵺《ぬえ》の尻尾《しっぽ》は毒蛇《どくへび》だぞ。弘坊の体には毒の引き出しもあるってことだ。おまえ、そんなことも知らねえであいつを婿《むこ》に迎えるつもりだったのか」

「知らないっ。聞いてないもん、毒なんて。ていうか、婿入りの話だってまだ具体的には……」

この前も、すっかりその気で話をされてしまったけれど。

「ハハハ。どうする、子作りの最中にうっかり妖力解放、翌朝、嫁は毒死なーんてこともあったりしてな」

「ええーっ!」

「おっかない男だと思うか？　妖怪と夫婦《めおと》になるってことはそういうことだぞ」

酒天童子は冗談めかして美咲を脅《おど》す。

「べ、べつに、あたしだって半分はちゃんと妖怪なんだからっ」

「ほう、どのあたりが？」

「えっ……と、ほら、ここには自慢の鋭い爪《つめ》が隠れてるのよ」

美咲は十本の指を勇ましく立ててみせた。

「それが？」

「ケンカの最中にうっかり妖力解放。平手打ちをお見舞いした拍子《ひょうし》に頰《ほお》から血飛沫《ちしぶき》、なんてことがあるかも」

と胸を張って言ってみる。

「ほほう。張り合いがあっていいんじゃねえか。試しに今度かましてやれ」

酒天童子は声をたてて笑った。

「婿殿の一大事に何の話で盛り上がっとるのじゃ、おまえさんらは！」

そばで会話を聞いていたハツに一喝《いっかつ》されて、二人は口をつぐむ。

「ごめんなさい……」

「まあ、そんなに落ち込むな。あいつはそんな簡単に喰われちまうようなタマじゃねえから」

酒天童子は美咲の頭をぽんぽんと軽く叩《たた》きながら言う。

「無事に妖魅を克服《こくふく》したら『八客』に顔を出せと伝えておいてくれ」

酒天童子はそれだけ言うと、別れを告げて屋敷を出ていった。

最後にちらりとだけ真摯《しんし》な表情を見せた。荒っぽい気性の男なので分かりづらいが、案外本気で弘人の身を案じているのかもしれないと、美咲はそのとき初めて思った。

「自慢の爪か……」

美咲は指を曲げて、じっと自分の爪を見つめる。

いつのまに自慢になどなったのか。ずっと、目を背けてきたくせに。

それに扱いもままならないのでは、誇る権利などない。

半分人間のおまえに店主が務《つと》まるのか？　——酒房《しゅぼう》で言われたことが脳裏に蘇る。

酒天童子の台詞《せりふ》は、冗談の中にも本気のうかがえる容赦《ようしゃ》のないものが多い。さっき役小角の罪について話していたときも、美咲が人間寄りの意見を言ってしまったので困ったような目で見ていた。

彼は見極めようとしているのかもしれない。橘屋の店主として、美咲がふさわしいかどうかの。

それを肌で感じるから、反動でつい力の入った見栄《みえ》を張ってしまう。

そして見栄を張るたびに、憂《うれ》いが募《つの》る。いまさら後戻りは出来ない。現し世のみで生きる道は、おそらくもう残されていないのだろう、と。

第五章　約束の地

1

翌日。

体調が悪いからと学校を休んだ美咲《みさき》は、裏町の地図をひろげて、雨女の家を探していた。

弘人《ひろと》が妖魅《ようみ》を取り込んでから丸一日がすぎたが、はなれにこもったまま、一向に容態《ようだい》が好転する気配がない。食事もとっていない。このままでは、弘人の体がどうにかなってしまうのではないか。美咲は不安に駆り立てられ、もう居ても立ってもいられなくなった。そこで、雨女がなにか妖魅下《くだ》しに関する情報をもっていないか、尋《たず》ねてみようと思い立ったのだ。

雨女は、御霊祭《みたまさい》のとき酉《とり》ノ区界《くかい》に店を張っていた。ということは、同じこの区界内に棲《す》んでいる可能性が高い。

案《あん》の定《じょう》、ハツの残した丸印と抜け道の記録が残っていて、住所は酉ノ区になっていた。

「えっと、〈壽屋《ことぶきや》〉茶室ノニジリ口《ぐち》ヲクグル、〈和泉《いずみ》呉服店〉ノ奥ノ間ニ繋《つな》ガル。六丁目大黒《だいこく》通リ北カラ三件目、〈割烹《かっぽう》・牙《きば》〉南口入ル……」

美咲は、帳面に書きつけられている雨女の家までの近道と、地図を照らし合わせてみる。前回裏町を歩いた時は弘人がいたので後からついてゆくだけでよかったが、今回はそういうわけにはいかない。

「午後〇時カラ、三時マデ通行可、以降〈割烹・牙〉ニ戻ッテ回リ道……えぇっと、あと一時間以内に通らなくちゃ道がふさがってしまうってことなのね」

こっちの世界ではありえないことなので、どうにも頭が混乱する。

美咲は抜け道を手早く紙に書き写してから、橘屋《たちばなや》の制服に着替えた。

女性用は渋《しぶ》みのある桃色の膝上丈《ひざうえたけ》の半着に臙脂色《えんじいろ》の袴《はかま》。胸元に丸橘《まるたちばな》の小さな刺繍《ししゅう》。一見、巫女装束《みこしょうぞく》に似ているが、ウエストには幅の狭い帯を締め、袴は中仕切りのある馬乗袴《うまのりばかま》になっており、これが案外動きやすい。男性用はこれが緑系の色違いになる。

裏町は洋服だと妙に目立つし、これなら橘屋とすぐに分かるから、捕まるのを恐れて悪い妖怪《ようかい》もみだりに手は出してこないはずだ。

さいわい母は仕事で、ハツの姿も見当たらなかった。

レジ打ちをしている雁木小僧《がんぎこぞう》の隙《すき》を見て、こそこそと店の襖《ふすま》の錠《じょう》を開けていると、

「あ、美咲お嬢さん、どちらまで行かれるのですか？」

店員の百々目鬼《とどめき》が声をかけてきた。顎《あご》の辺りで切りそろえられた黒髪のおかっぱ頭に、小作りな目鼻立ちが日本人形のようだ。背がかなり低いので、一見、童女のような印象を受ける。

「ええと、ちょっと、人を訪ねに」

「私もご一緒しましょうか。もうじき、あがるので」

かわいらしい笑顔で百々目鬼が言う。

百々目鬼は、ふだんは隠しているが、全身に目のある妖怪《ようかい》。現《うつ》し世《よ》では盗んだ銭《ぜに》が目に変わって貼《は》りついているなどと、本人の名誉のためにも聞き捨てならぬ伝承《でんしょう》があるが、素直でおとなしい性格をしている。

「いいの？」

百々目鬼の申し出はありがたかった。さすがに一人で裏町を行くのは心もとない。

「内緒にしておきます。お薬を探しにいかれるのですよね」

声をひそめて百々目鬼が言う。

「えっ……。どうしてそのこと知ってるの？」

美咲は小声で問い返す。妖魅《ようみ》に絡《から》んだ事の顚末《てんまつ》をすでに知っているふうだ。

「おととい、店主《オーナー》が商品台帳を取りに見えた時から何か起きたんだなと気になっていて。今朝、こっそりお話をうかがいました。……本店の若様がどうにかなったら、このお店、取り潰《つぶ》されます。わたしたち、おマンマ食い上げです。そうならないように、なんとかしなくちゃ。……ですよね？」

百々目鬼はいっそう声をひそめて真剣に言う。

「そ、そういえば、その通りね」

店のことまでは考えが回っていなかったけれど、たしかに弘人が元に戻れなければ、本店は美咲を許さないだろう。美咲は高野山《こうやさん》送りになり、酉《とり》ノ分店《ぶんてん》は間違いなく取り潰し、店員はみな路頭に迷う。

(ほんとうに深刻な状況だわ)

なんとしてでも弘人を助け出す方法を見つけ出さねばならない。

美咲は、店の運命も背負っているのだということを、初めて自覚した。

襖《ふすま》の前で百々目鬼が支度を整えて戻るのをそわそわと待っていると、

「お嬢さん、どこ行くんすか?」

レジの客がいなくなって、手のすいた雁木小僧がやってきた。

「ちょっと市場《しじょう》調査よ。気になるお店があって」

「市場調査ァ……? おひとりで? 危ないっすよ、それは」

雁木小僧は眉《まゆ》をひそめる。

「百々目鬼も一緒に来てくれるから大丈夫。いいものがあったらあんたにも買ってきてあげるから。ほら、うなぎの骨とか、蛙《かえる》の塩辛《しおから》とか、いま切らしてるでしょ」

美咲は適当に入荷数の少なそうな品を並べ立ててごまかした。ここで引き止められては困る。

「蛙の塩辛なら明日には入荷されますよ。なにもお嬢さんがみずから買いつけに行かなくたって。売り上げの帳簿《ちょうぼ》がくるっちまう」

　雁木小僧が美咲の身を案じて抗議するように言う。

「いいのいいの、じかに買ったほうが安くて新鮮でおいしいの。いい？　あたしが出かけること、絶対におばあちゃんやヒロには喋《しゃべ》っちゃだめよ。絶対だからね。約束よ！」

　ばれたらなんとなく連れ戻されるような気がする。でも、これ以上弘人が苦しむ姿を見ていることは出来ないのだ。

「次期店主の命令なんだから、素直に聞かなくちゃ駄目でしょ」

　小袖《こそで》姿に着替えてスタッフルームから戻ってきた百々目鬼が、雁木小僧のひじを小突《こづ》いてだめ押しする。

「はァ……」

　雁木小僧はいまひとつ納得のゆかぬ様子であいまいに頷《うなず》く。

「じゃ、店番しっかりね。行こう、百々目鬼」

　美咲は百々目鬼を促《うなが》すと、そそくさと襖をくぐってぴしゃりと戸を閉めた。

「騙《だま》してごめんね、雁木小僧。百々目鬼も、こんなことに付き合わせちゃって、ごめん」

　裏町に入ってから、美咲は手を合わせる。

「いいんです。わたし、お店のためだったら、なんでもします。ずっと橘屋で働いていたいんです。お給金いいですから」

「うん。ありがとう」

(お給金……)

微妙な動機ではあるが、美咲は百々目鬼の厚意を素直にありがたく受け止めた。

「で、どの方を訪ねるのですか?」

「雨女なんだけど。知ってる?」

名前を聞いて、百々目鬼の小さな顔がこわばった。

「わたし、あの方、苦手です……」


ふたりが雨女の家に辿《たど》り着いたのは、それからおよそ三〇分後のことだった。

妖怪は基本的に夜行性なので、大路《おおじ》沿いの屋敷《やしき》はすべて閉まっており、出歩く妖怪の姿もなくひっそりと静まり返っていた。空を仰《あお》げば、霞《かすみ》がかった太陽が白々と照っているのみである。

現し世で暮らす美咲は、明るいのにまったく人がいないという景色には強い違和感を覚えた。

似たような町家が並んでいるが、雨女の家の軒先《のきさき》には、見覚えのある木製の小さな笛がいくつも連ねて飾ってあった。

「まだ明るいけど、起きてるかな。……ごめんくださーい」

美咲は戸を叩《たた》いて、声を張り上げた。時間的に、非常識な客である。けれど、一刻をあらそうので致し方ない。

「開いてるわ、どうぞ」

中から、細く声が返ってくる。戸を開けて中に入ると、座敷《ざしき》にいた雨女が、美しく彩《いろど》られた大きな瞳《ひとみ》をぎょろりとこちらに向けた。

「すみません、こんな時間に」

「おや、あなた、橘屋の……」

雨女は美咲の顔を見て目を見開いた。意外にも起きていて化粧の最中だったようで、手鏡を片手に持って、口元に筆をあてている。

「あの、ちょっと聞きたいことがあって」

「なあに？　あたし、いまから来客の予定があるの。あなた方に付き合っている暇《ひま》はないんだけれど」

雨女はゆったりと言って、手鏡と筆を化粧箱におさめた。

「……あの、妖魅下しについて、なにか知っていることがあれば教えてほしいんです。うちの店に品物を卸《おろ》している薬師《くすし》以外で、作れる人がいたりしないか、とか……」

美咲が固い声で問うと、雨女は刺青《いれずみ》の入った頰《ほお》を歪《ゆが》めて冷たく言った。

「悪いけど、なにも教えることはないわ。あたしは女のお願いは聞かない主義なの。ほかをあたってちょうだい」

「そんな……」

昨日今日知り合った間柄《あいだがら》で、そうやすやすと願いは聞き入れてもらえないようだ。

(どうしよう……)

美咲は、百々目鬼と顔を見合わせて眉《まゆ》をひそめた。

「妖魅下しが必要なのはヒロなのよ」

気が変わるかもしれないと思い、美咲は思い切って言ってみた。

「若旦那《わかだんな》が？　……まさか。彼は妖魅をうっかり仕込まれるような間抜けな男じゃないわ」

雨女は鼻で笑う。

「あたしが仕込まれたの。それをヒロが引き受けてくれて、そのせいで苦しんでるんです」

「へえ、彼が、あなたの身代わりになったというの？　それは興味深い話だわね」

そう言って妖艶《ようえん》な笑みを浮かべ、雨女は美咲のもとに下りてきた。あいかわらず胸元とうなじのゆったりと開いた着付けで、しどけない姿をさらしている。

雨女は妖魅下しにまつわることの顚末をひととおり美咲の口から聞き終えると、

「ねえ、あなた、いつのまに若旦那をたらしこんだの。一体どうやって？」

腰に手をあてて、悠然《ゆうぜん》と美咲の顔を興味津々《きょうみしんしん》に覗《のぞ》き込む。男の好みそうな甘い香りが、鼻先をかすめる。

「別に、たらしこんでなんか……」

美咲は思わず、たじろいだ。

「でも夫婦になる間柄《あいだがら》なんでしょう」

「い、家の事情よ。まだはっきり決まったことじゃないし。そんなことより、妖魅下しに関することを、なにか教えてください。どんな小さなことでもいいから」

早くしなければ、弘人の身が危ない。美咲は切羽詰《せっぱつ》まった調子で訴える。

雨女はそんな美咲をじっと見つめた。この娘に情報をくれてやろうかどうか、考えているふうだった。

それから彼女はようやく口を開いたが、

「寄生妖怪は妖魅のほかにもいろいろいるの。鼻の穴や、皮膚《ひふ》にへばりついたりして生きる妖《よう》虫《ちゆう》タイプね。これらの寄生妖怪を下す薬を作っている薬師はごろごろいるけど、妖魅は実体がない上に、精神に寄生したがるちょっと特殊なタイプだから、薬を作る技術をもっている者は滅多《めつた》にいないのよ。孔海《くうかい》が本当に前鬼《ぜんき》だったとして、彼に頼めないというのなら、妖魅下しはあきらめることね」

と、すげなく言った。

「そもそも、若旦那が寄生妖怪ごときにやられるような脆《もろ》い男だと思って？」

「わかりません。……でも、助かる保証なんてないし、ヒロが苦しんでる姿、このまま黙って見ているわけにはいかないから……」

妖魅の害そのものよりも、いったん美咲の体にあったものを引き受けたために、体が拒絶反応を起こして苦しんでいるかもしれないのだ。

「ふふん。けなげだこと」

雨女は鼻を鳴らす。美咲の心配を面白がっているような感じだった。

「探すだけ無駄だと思うけど。人肉好きの妖怪に襲われないよう、せいぜいお気をつけて」

なかば嘲《あざけ》るように言うと、雨女はそうそうに美咲たちを締め出した。

（ダメか……）

美咲は肩を落とし、途方に暮れてため息をついた。

雨女から得られたのは、妖魅下しはもはや手に入らないこと、そして弘人が自力で妖魅を克《こく》服《ふく》できるかもしれないというわずかな可能性だけだった。

「きれいだけど、相変わらず感じ悪いですね、雨女」

百々目鬼がぼそりとつぶやく。

「うん。でも、このままあきらめるわけにはいかないわ。なにかほかに手がかりがないか、もうちょっと裏町を歩いてみる」

「はい。私もお付き合いします」

「ありがとう」

不安と焦《あせ》りに胸を圧《お》されていたが、百々目鬼の心遣《こころづか》いにほっとして、美咲はほほえんだ。

ふたりはその後、昼間でも開いている飯屋で軽く食事（ほとんどが美咲の口には合わない）をしてから、百々目鬼の知り合いを訪ねてみたり、薬種問屋《やくしゅどんや》などをまわって酉ノ区界をうろうろした。寝ている妖怪が圧倒的に多く、いちいち起こして話を聞くのは気が引けた。

日は中天にさしかかって、腕時計を確かめると、午後一時を少しまわったところだった。

ふたりはいつのまにか街道筋のはずれまで来ていた。

「あっ……」

小路《こうじ》を歩いていた百々目鬼が唐突《とうとつ》に声を上げた。

「どうしたの？」

「感じませんか？　どこからか、現し世の空気が流れ込んでいます」

百々目鬼がひたと足を止めて、気配を探るように目を閉じる。彼女は雁木小僧と同じで、妖気や気配の変化に非常に敏感《びんかん》である。そうでなければ、店での見張りはつとまらない。

美咲はあたりをきょろきょろと見回した。

付近に杉林がこんもりと生《お》い茂《しげ》っている場所があった。社殿らしき瓦屋根《かわらやね》も見える。

「あそこに神社があるわ。鳥居《とりい》の錠前《じょうまえ》が壊れているのかも」

それはすなわち二つの世界が繋《つな》がってしまっていることを意味する。

「このまえ、店主《オーナー》と見回ったばかりのはずなのに」

百々目鬼は眉をひそめた。

「壊れてるのなら頑丈《がんじょう》なのを新調しないといけないわね」

ふたりは神社のほうへと寄って、鳥居を確認してみることにした。

二鬼に出くわしたのはその時である。

見覚えのある角《つの》を持った美しい二体の鬼が、杉林の小道からとつぜん姿を現した。

美咲ははっと息を呑《の》んで、立ち止まった。

「前鬼！　後鬼《ごき》！」

二鬼のほうも、美咲の姿をみとめて一瞬目を見開く。

(どうしてこんなところに！)

驚きと恐怖で足がすくむ。百々目鬼が、警戒して身構える。

「探したぞ、女」

前鬼が口の端《は》を吊《つ》り上げた。後鬼もずいと前に出て、にやにやと笑っている。

「どんな具合かと見に行ってみれば、お留守なんだもん。お出かけする力が残ってたなんて、びっくりしちゃったよっ」

二鬼はたったいま、現し世から戻ったという風情《ふぜい》だった。これまでもずっと、橘屋の襖《ふすま》ではなく、ここの鳥居を使って出入りしていたに違いない。

(どうして！　なんて間《ま》が悪いの……)

示し合わせたような不幸な偶然に、美咲は愕然《がくぜん》とする。

「逃げよう、百々目鬼」

美咲は百々目鬼に目配せして踵《きびす》を返しかけたが、前鬼が風のように素早く二人の前に回り込んで、ゆく手を阻《はば》んだ。

「逃がさんぞ。貴様を捕まえに来たのだ。……それにしても、いまだに妖魅に喰われぬところを見ると、貴様ぞんがい気丈者《きじようもの》のようだな」

そう言って、ゆっくりと間合いを詰めてくる。

美咲は身をこわばらせた。美咲の体に妖魅が寄生していないことがわかれば、また新たに仕込み直してくるに違いない。ここは、まだ腹に妖魅がいるふりをしていたほうがいい。

固唾《かたず》を呑んで、なかば絶望的な気持ちで御封《ごふ》をとりだそうと懐《ふところ》に手を伸ばすが、

「吾《われ》らとともに、『高天原《たかまがはら》』に来い」

先んじて前鬼の手が伸び、美咲の腕をひっつかんだ。

「お嬢さん！」

百々目鬼がとっさに、袂《たもと》から針のようなものを無数に放って前鬼を攻撃した。腕に広がる目

から発する妖気の針である。

前鬼はそれを、斧《おの》の刃を楯《たて》にして器用にかわす。

「その目は、百々目鬼か」

首筋や袂からのぞくたくさんの目に気づいた前鬼は冷ややかに笑うと、斧の柄《え》でもって、百々目鬼の体を勢いよくなぎ払った。

「百々目鬼！」

百々目鬼の小さな体は振り飛ばされるが、なんとか片足で踏ん張りをきかせてもちこたえ、ふたたびぴしぴしと目針を放って反撃に出た。

前鬼は美咲から手をはなすと、それらをふたたび斧できれいにうち払った。火が水に落ちて消えるときのような音をたてて、目針がたち消えてゆく。

「吾らの邪魔《じゃま》をするな。息の根を止められたいのか」

前鬼はそう言って、小さな百々目鬼の前に豪然《ごうぜん》と立ちはだかり、威嚇《いかく》するように斧を振りかざす。が、

「ねえ、待てよ、前鬼。そいつも一緒に連れていけば、娘がすんなりとあたしらの言うことを聞くんじゃないか？」

なりゆきを見守っていた後鬼が、百々目鬼を顎《あご》で示して言った。その提案に、前鬼は薄く笑った。

「それもそうだな」

言うや、後鬼が百々目鬼のもとに跳《と》んで、みぞおちと首筋に拳《こぶし》を見舞う。

「おまえも道づれだってさっ」

「百々目鬼！」

美咲が叫んだ。百々目鬼は小さく呻《うめ》いたあと、意識を失ってどさりと倒れた。

美咲がとっさに駆け寄ろうとすると、

「貴様もおとなしく眠れ」

前鬼が美咲の腕を捕らえ、後頭部に容赦《ようしゃ》ない鉄拳をくらわせた。

「つぎは妖魅に喰われてるかもねっ。きゃはは っ」

後鬼の不吉な高笑いが耳に残る。

(なんてこと……)

せっかく弘人を助けるために裏町に入ったというのに——。

前鬼に強打されてつよい眩暈《めまい》を起こした美咲も、全身の力を失ってその場に崩れ落ちた。

2

その頃、雁木小僧《がんぎこぞう》は、店番を抜けて今野家《こんのけ》の屋敷《やしき》に向かっていた。

勝手知ったる他人の家である。が、ハツは基本的に店員も家族の一員としてあたたかく迎えてくれる人物なので、たとえ勝手に釜《かま》の飯を食ってもとくに咎《とが》められるようなことはない。

美咲《みさき》が百々目鬼《とどめき》を連れて橘屋《たちばなや》の襖《ふすま》をくぐってから、はや半日がすぎるが、まだ戻らない。なにか妙な胸騒ぎがしてならなかった。

ハツはどこかへ出かけたようで姿が見えないので、雁木小僧ははなれへ向かった。

「おいでですか？」

弘人《ひろと》が滞在している座敷《ざしき》の障子戸《しょうじど》の前で、声をかける。

「ああ」

比較的明るい声が返る。

具合が悪くて臥《ふ》せっていると聞いた。委細《いさい》は知らないが、美咲がいそいそと裏町などに出かけていったところを見ると、旧鼠絡《きゅうそがら》みでまた何か事件が起きているらしいことが分かる。

部屋に入ると、弘人が小ざっぱりした表情で立っていた。

たったいま、着替えをすませたといったところ。

「もう平気なんすか？」

「ああ」

「そりゃ、よかった。いまから、どこかお出かけですか？」

「いや、風呂《ふろ》入ってきただけ」

襟元《えりもと》を整え、羽織を支度しながら弘人が言う。

「どうした？」

「あの……これ、読んでください」

すっと差し出された手紙を、弘人はけげんそうに見る。

「いや、恋文《こいぶみ》とかじゃないんで、ご安心を」

雁木小僧が生真面目《きまじめ》に言うと、弘人は無言でそれを受け取った。

書きつけられた内容に目を通した弘人は、にわかに顔を曇《くも》らせた。


「——さん、お嬢さん……」

美咲は、誰かに肩をゆすられ、名を呼ばれているような気がして、ゆっくりと目を開いた。

「お嬢さん、よかった。気がつかれましたか」

自分を覗《のぞ》き込んでいた百々目鬼が、ほっとしたように顔をほころばせた。

「百々目鬼……」

美咲はゆっくりと半身を起こした。

「大丈夫ですか。どこか痛んだりはしませんか？」

百々目鬼が心配そうに小首をかしげる。

頭が少し重い感じがするほかは、体に異常はなかった。

「うん。百々目鬼は？」

「大丈夫です。わたしもさっき目が覚めたばかりなんですけど……」

「ここは？」

高い天井《てんじょう》、朱塗《しゅぬ》りの柱、黒御影《くろみかげ》の敷石。漆喰《しっくい》の壁面には、装飾用のきらびやかな薄紗《はくさ》が中ほどまで下りている。宴《うたげ》でも催《もよお》す部屋なのか、異様に広く、調度の類《たぐい》は一切ない。

「妓楼《ぎろう》みたいですね。たぶん、『高天原《たかまがはら》』です。向こうに見張りがいて、部屋からは出られません」

百々目鬼が開け放たれた出入り口のほうを見ながら、不安げに眉根《まゆね》をよせて言った。

そうだ、前鬼《ぜんき》たちにここに連れてこられたのだ。

『高天原』……」

壁に並んだ花頭窓《かとうまど》からは光が差し込んでいる。美咲はゆっくりと窓辺に歩み寄っていった。

外を覗くと、湖《みずうみ》が一望できた。澄んだ湖面《こめん》が日の光をはじいてきらきらと輝いている。そして枝ぶりの見事な梅の木が、湖面を縁取《ふちど》って上のほうへと広がっていた。

「見て、百々目鬼。梅がたくさん咲いてるわ」

白、紅、桃色の梅がいまが盛りと咲き乱れ、ほのかに甘い香りを漂わせている。一気に春が来たみたいだ。ここは酒天童子《しゅてんどうじ》の言っていたとおり、たしかに美しい梅の里なのだった。

「こんな店にはもったいないような眺めですね」

百々目鬼が言う。いかがわしい噂《うわさ》の絶えない妓楼なのだという。

「現《うつ》し世《よ》でも、ここは梅の名所なんだそうよ。月ヶ瀬《つきがせ》っていったかな」

美咲は言った。きれいな土地名なので、なんとなく心に残っていた。

「じゃあ、裏町《こっち》と繋《つな》がっているのかもしれませんね」

「そうね」

古道や、深い森や山、海底など、神気《しんき》に満ちている場所は、空間が一つに繋がっている場合もあるのだという。人が山や海で行方《ゆくえ》不明になるのは、そういった場所から隠《かく》り世《よ》に迷い込んで、戻れなくなってしまうからなのかもしれない。

「役小角《えんのおづの》の沈められたという滝も、この近くにあるのよね」

美咲は、複雑な感慨《かんがい》をもって湖の向こうに広がる裾《すそ》野を眺める。

この地で、役小角は水神《すいじん》の裁きをうけた。生駒《いこま》の人々を救うために。そして現し世と隠り世、ふたつの世界を守るために。滝はおそらくこの梅の谷に注いで、湖に繋がっている。水に変わった役小角は、最終的にこの美しい碧水《へきすい》の湖に流れたのかもしれない。それを、前鬼と後《ご》鬼《き》によって、救い上げられた――。

けれど過去の誉《ほま》れも、永《なが》い間に生を渇望《かつぼう》する欲に吞《の》まれ、復讐心《ふくしゅうしん》さえ呼び起こすことになってしまったのか。

「お嬢さん、下にもかわいらしいお花が」

百々目鬼に言われて庭先に目を落とすと、六枚花弁の白い小さな花がたくさん咲いていた。

「わあ。お花畑みたい。まだちょっと寒いのに、梅以外にもいろんな花が咲き始めてるのね」

美咲がそう言ったとき、

「雪割草《ゆきわりそう》だ」

前鬼の声に、はっと美咲は戸口を振り返った。いつのまにか、そこに前鬼が立っていた。

「雪解けを待って、まっさきに咲く花だ。梅も、雪割草も、冬の寒さを凌《しの》いで咲く花はみな強く美しい」

美咲はもういちど小花——雪割草に目をやった。

この冷酷な鬼の口から花に関する言葉が出てきたのは意外だった。梅も雪割草も、毒気のない清楚《せいそ》な花だ。鬼が好むようなものとはとうてい思えない。

「どうした。鬼が花を愛《め》でてはおかしいか」

前鬼は相変わらず冷たい表情をしている。

「おかしいわ。人を傷つけるような鬼に、花なんて似合わない」

美咲は硬い声で言う。

「師に教えられた。美しいものに放心する感性を持てと。師が悟りを開き、無我《むが》の境地に到《いた》ったとき目の前にあったのは、睡蓮《すいれん》の花であったそうだ」

かつての役小角は、俗世のありとあらゆる感情を捨て、人でありながら神仙となり、現し世と隠り世の壁を取り去った人物だった。

師匠《ししょう》のことを語り始めると、前鬼の瞳《ひとみ》が深く澄んできた。邪気《じゃき》のないひたむきなものを垣間《かいま》見《み》た気がして、美咲は少し戸惑《とまど》いを覚えた。どこか、もの悲しい感じさえ漂う。

「ほんとうに、心酔《しんすい》しているのね。そのお師匠様に」

美咲は思ったことを素直に言ったつもりだったが、前鬼はそれを嘲《あざけ》りと捉《とら》えたようだった。表情が、にわかに不穏《ふおん》なものに取って代わる。

「貴様、いまだそんな減らず口を叩《たた》くところを見ると、もしや妖魅《ようみ》を駆逐《くちく》できたのか？」

前鬼の冷たい目が、鋭く美咲に向けられる。

美咲はぎくりとした。

「そうじゃ、ない……けど……」

顔がこわばる。もっと、苦しそうに喘《あえ》ぐ芝居でもしているべきだっただろうか。しかし、そんなことを続けたとしても、事態が好転するわけではない。

「まさか、あの鵺《ぬえ》にでも喰《く》わせたか」

冗談のつもりだったようだが、美咲が目を落として黙ったままでいるので、前鬼は意外な展開だというふうに目を見張った。

「ほう。命知らずがいたものだな。やけに涼しい顔をしていると思えばそういうことか」

美咲は唇《くちびる》を噛《か》みしめた。もはやここまでだ。胸に鉛《なまり》のような重く冷たいものが広がった。またあの寄生妖怪《ようかい》を仕込まれるのかと思うと、ぞっとして吐き気がこみ上げるほどだった。せっかく弘人に助けてもらったというのに、自分はなんて馬鹿なことをしているのだろう。

しかし、美咲はきっと顔を上げると、一縷《いちる》の望みをかけて前鬼を見た。

「あたしの体なら、くれてやるわ。そのかわり、ヒロを助けて。妖魅《ようみ》下《くだ》しを作ってあげてよ！」

ここで自分の体が妖魅に喰われてしまうのなら、せめて弘人だけでも助けたい。

「お嬢さん……！」

百々目鬼がいたたまれなくなって声を漏《も》らす。

「断る。喰われるのが本店の倅《せがれ》なら、願ったりだ」

前鬼は薄笑いさえ浮かべて冷然と言い放った。

美咲は橘屋に敵愾心《てきがいしん》を燃やしている前鬼の赤い双眸《そうぼう》をじっと見据《みす》えた。分かってはいたが、面と向かって拒絶されるといいしれぬ絶望感が広がる。

「昔は、役小角と共に、二つの世界で悪鬼《あっき》を成敗《せいばい》していたと聞いているわ。病《やまい》や悩みから人々を救っていたのだとも。なのになぜ今、そのきれいな心を捨てて、人を傷つけるの？」

「なぜだと？　それを橘屋の貴様らが聞くのか」

前鬼は頬《ほお》を歪《ゆが》める。

美咲は一歩踏み込んで、言い募《つの》った。

「本当は、分かっているんでしょう。生きた人間を襲ったり、お店をのっとったり、こんなこと、ぜんぶ間違っているんだって」

師匠への並々ならぬ忠誠心。それのせいで、復讐などを目論《もくろ》む師の誤りに気づきながらも、おそらく目をそらしているのだ。

しかし、

「吾《われ》らは小角師の意思とともにある。師の望むことがすなわち吾らの望みだ。現し世の善悪など問題ではない」

揺るぎない声音で言い切られ、美咲は返す言葉を失った。もはや役小角しか見えていない。偏《かたよ》った忠義心のかたまりなのだ。

と、そこへ遅れて後鬼が入ってきた。妖魅で苦しんでいるはずの美咲が、いまだに平然と立っているのを目の当《ま》たりにして目を剝《む》く。

「おまえっ、なんでまだそんなに艶々《つやつや》してるの！」

短気を起こして錫杖《しゃくじょう》で床を苛立《いらだ》たしげに突きながら、青い眼でぎろりと睨《ね》めつける。

美咲は後鬼が紐《ひも》を襷《たすき》がけにして二つの浄瓶《じょうへい》を腰に結んでいるのを見て、体をこわばらせた。

一方は今野家《こんのけ》に来たとき、旧鼠《きゅうそ》から抜いた小角の魂《たましい》を入れて持ち去ったあの青磁《せいじ》製のものだ。

「本店の鵺が身代わりになって喰らったそうだぞ」

前鬼が後鬼に告げる。

「へえ、そうかあ。それでいつまでも平気な顔してたんだ。じゃあ、仕込みなおしだねっ」

口惜《くちお》しげに言うや否《いな》や、後鬼が地を蹴《け》って美咲の至近距離に迫り、勢いよく手を伸ばしてきた。

美咲は逃れようとするが、後鬼のほうが速かった。下顎《したあご》を乱暴に鷲掴《わしづか》みにされた。

「お嬢さんに触らないで！」

百々目鬼が叫んで、小袖《こそで》の袂口《たもとぐち》から無数の目針を飛ばした。かわし損ねた幾本《そこ》もの目針が、後鬼のむき出しの脛《すね》にビシビシとつき刺さり、細かな血の花を咲かせた。

「小癪《こしやく》な！」

後鬼は美咲を荒々しく突き離すと、標的を百々目鬼に変えた。

「おまえはその目でおとなしく失せ物探しでもしてな」

苛立《いらだ》たしげに雑言《ぞうごん》を吐くと、錫杖で百々目鬼の体をなぎ倒す。さらに、床に叩きつけられて呻《うめ》く百々目鬼のわき腹を、憂《う》さを晴らすように足蹴にした。

「百々目鬼！」

美咲は声を上げた。

(お店のために一緒に来てくれたのに！)

美咲の胸に強い怒りが生じた。突如《とつじょ》として、熱く血の沸《わ》くような感覚がじわりと指先におずれた。

（なに……？）

美咲は息を詰めた。変化《へんげ》するときの感覚に似ていた。妖気《ようき》をおびた爪《つめ》が、一センチほど鉤《かぎ》のように伸びて鋭さを増している。怒りに共鳴して破魔《はま》の力が発現したようだった。

こんなふうに自分の気持ちと繋がっていることを頭で意識すれば、制御《せいぎょ》することが出来るようになるのかもしれない。

（これならいける！）

美咲は怒りを熱をおびた爪の先に込めて、後鬼に突っかかった。

ところが、

「無駄だ」

動きを読んだ前鬼がいち早く立ちふさがり、手首を摑みとってその動きを制した。

双方の妖気がばちばちと衝突して黄金色《こがねいろ》の焔《ほむら》が立つ。

前鬼はそのまま力を込めて、美咲の体を壁に向かって突き飛ばした。

「痛《いた》ッ！」

三メートルあまりも飛ばされて、美咲の体は壁にしたたか打ちつけられた。

目から火花がちり、一瞬意識が遠のきかけた。背中にうけた衝撃が肺にまで響き、何度も咳《せ》き込んだ。後頭部がぐわんぐわんと痛む。

「大切な相棒を、これ以上傷つけられては困る」

前鬼が冷然と言い放つ。女だからとて容赦《ようしゃ》はしない。まさに血も涙もない悪鬼だ。

「お嬢さんっ」

立ち上がって駆け寄ろうとする百々目鬼の足を、後鬼がすばやく錫杖で打ち払って阻止《そし》した。ふたたび床に伏せった百々目鬼の面《おもて》めがけて浄瓶の中の水を浴びせ、しびれさせて自由を奪ってしまう。

「串刺《くしざ》しにしてあげるよ、お目目《めめ》ちゃん」

後鬼は百々目鬼を貫《つらぬ》かんとして、錫杖を振り上げる。

「やめてーっ！」

美咲は立ち上がり、打撲《だぼく》に痛む足をひきずって百々目鬼のほうへ向かおうとするが、

「邪魔《じゃま》立《だ》てするな。貴様にも斧《おの》が飛ぶぞ」

前鬼に脅《おど》されて、硬直した。

後鬼はすんでのところで錫杖を止めて、状況を楽しむかのようにきゃははっと笑う。

間近に錫杖の石突《いしづ》きを突きつけられた百々目鬼は、蒼白《そうはく》になった。

「あたしの体が必要なんでしょ」

美咲は言いながら前鬼と対峙《たいじ》して、きっとその面を睨みつけた。

「こ、殺せるものなら、殺してみなさいよ」

声が震えた。こんなはったりが効くかどうか、内心ではおののいているのが自分でも分かった。けれどいまは、その怯《おび》えを怒りに変えられる強い意気込みもあった。

が、次の瞬間、ブンと風を切る音がして、前鬼の斧が美咲めがけて飛んできた。

美咲は息を呑んだ。反射的に目をつむって首をすくめるのと同時に、ゴッと鈍《にぶ》い音を立て、斧の刃先が背後の漆喰にめり込む。

「お嬢さん！」

百々目鬼が仰向《あおむ》けのまま、金切り声を上げた。美咲から、一気に血の気が引いた。

「貴様じゃなくてもいいだぞ？　貴様が死んだところで、小角師には別の御体《ごたい》を探せばいいだけのこと。我々はなんの痛手も負わん」

天狐《てんこ》の血脈《けつみゃく》など二の次だというように前鬼は嗤《わら》う。

「そ、んな……」

美咲は愕然《がくぜん》とした。その程度のものなのか。二鬼は長らく御体を求めてさすらってきたはずなのに。この体は切り札《ふだ》にはならないというのか。

どこかでこの身に手はだせまいと思い込んでいたところがあった。だから、ここまでなんとか平常心を保ってこられたのだ。けれど、唯一無二《ゆいいつむに》の存在でないのなら、自分はなんの楯《たて》も持たない、ただの無力な半妖怪にすぎないではないか。胸にひやりと冷たいものが広がった。足元が、崩れ落ちてゆくような心地さえした。

前鬼が、ゆっくりと美咲のほうにやってきた。

視界の隅に、漆喰に突き刺さった斧の刃をとらえ、美咲はごくりと唾《つば》を飲む。こんなところで犬死にしては、弘人が妖魅を引き受けてくれた意味がない。けれど、さすがに足がすくんで動けなくなった。逃げようにも、体に力が入らない。

「まったく危機感に乏《とぼ》しい女だな。貴様、己《おのれ》の置かれている立場が本当に分かっているか？　この頭は空《から》なのか」

前鬼は美咲の髪を引っ摑《つか》んで揺さぶった。強い力で引っぱられ、頭皮ごと剝《は》がれそうだ。

「放して！」

一瞬、恐怖が憤《いきどお》りにとってかわり、美咲は果敢《かかん》に破魔の爪を振りかざした。が、爪はむなしく空を搔《か》き、懐《ふところ》から取り出した御封《ごふ》を撒《ま》こうとするも、あっけなく手首をとられてしまう。

「あきらめろ。貴様の力では吾は倒せん」

前鬼は息ひとつ乱さずに言う。

(そう。あたしじゃ、こいつは倒せない)

いかんせん、強さの桁《けた》が違う。何度挑《いど》んでも、ただ、嗤《わら》って嬲《なぶ》られるだけだ。

美咲は絶望に目をつむった。跡目のことを、もっと早く決意すべきだった。姉が嫁《とつ》いだ時、すぐにでも。そうすれば、もっと修行をして力をつけて、少なくともいまよりは強い自分でいられた。誰も傷つかず、こんな事態に陥《おちい》ることもなかったかもしれないのに。

「きゃははあっ、間抜けな狐《きつね》。ひとりじゃなんにもできやしない」

後鬼が嘲笑《あざわら》いながら、足元で金縛《かなしば》りにあっている百々目鬼にむかって再び錫杖を構え直す。

「やめて！　お願い！　百々目鬼は関係ないでしょ！」

手首をとられたままの美咲が悲痛な声で叫んだ。

そのとき、前鬼が鋭く戸口に目を走らせた。

後鬼の振り下ろした錫杖が百々目鬼の胸に達し、まさに貫かんとするその刹那《せつな》。

びしびしと御封が飛んできて障壁《しょうへき》が作られ、錫杖の石突きをすんでのところで食い止めた。

「ぐあっ」

自分に跳ね返った衝撃をまともに受けた後鬼が、もんどりを打って錫杖を手放す。

美咲ははっと戸口のほうを見た。

誰かが、御封を使った。

3

「ヒロ！」

美咲《みさき》は、戸口に現れた弘人《ひろと》の姿を見て叫んだ。

瞳《ひとみ》は翡翠《ひすい》色《いろ》のままで険のある目つきをしているが、着物も召し替えて、顔色がすっかりよくなっている。

（どうしてここが……）

妖魅《ようみ》は、どうなったのだろう。驚きと安堵《あんど》がないまぜになって、美咲の気持ちは複雑に高揚《こうよう》する。

弘人はすぐさま百々目鬼《とどめき》に護身の御封《ごふ》を飛ばした。小さな結界《けっかい》を張った御封からじわりと焔《ほむら》が立った。さらに美咲にも同じように御封を飛ばすが、前鬼《ぜんき》の手がそれを阻止《そし》した。

音を立てて双方の妖気がかちあう。強靱《きょうじん》な弘人の御封は、美咲のように一瞬で破られるようなことはない。

前鬼の手から自由になった美咲は、破魔《はま》の爪《つめ》を立てて、御封と格闘している前鬼の肩先を力《ちから》任《まか》せに掻《か》き裂いた。

妖気を伴《ともな》って空気が揺れた。不意打ちをくらって、前鬼が軽く呻《うめ》いた。衣《ころも》が裂けて、鮮血がほとばしった。やはり、破魔の威力《いりょく》はすごい。美咲は自分で自分の力に驚いた。前鬼の衣がみるみるうちに朱《あけ》に染まってゆく。

「貴様、なかなかやるではないか。油断したぞ」

「きゃっ！」

前鬼は憤怒《ふんぬ》の形相《ぎょうそう》で仕返しの一撃を見舞ってきた。

美咲は横面《よこつら》を張り飛ばされて、ふたたび床に倒れ込む。

「む！」

空気が揺れて、前鬼が唸《うな》った。注意をそがれたことで、その体が、弘人の御封の力に巻かれて動きを封じ込められてしまう。

美咲は、ひりひりと焼けるように痛む頬《ほお》を押さえた。口の中に血の味が広がった。

「大丈夫か！」

弘人は美咲に駆け寄ろうとするが、背後には、体勢を立て直した後鬼《ごき》が迫っていた。

「おまえの相手はこっちだよっ」

美咲に気をとられていた弘人は、錫杖《しゃくじょう》をかわすのに遅れをとった。

ザン、と鐶《かん》が揺れて、弘人の袂《たもと》を突き破る。

「クソッ」

二突きめをかわした弘人は、間合いをつめて、錫杖を振るう後鬼の手首を強い力で叩《たた》きつけた。後鬼が低く呻き、手首をかばいながら錫杖を手放す。

そこからしばし素手の攻防が続いたが、背後をとった弘人が後鬼の首数珠《くびじゅず》を摑《つか》んで、一気に首を絞《し》め上げた。

「げえ……ッ」

後鬼が喉《のど》のひしゃげたような声をあげて、一、二歩よろめいた。

弘人は首を絞めたまま、もう片方の手で背中に御封を押しつけ、後鬼の妖力を弱らせた。湯気のように黄金色の焰が立って、妖気がぬけてゆく。

女だからとて容赦《ようしゃ》しないのは、弘人もおなじである。なおも暴れて挑《いど》んでくる後鬼のみぞおちに重い拳《こぶし》をひとつ見舞う。

「浄瓶《じょうへい》は没収だ」

弘人は力尽きた後鬼の体から、刀子《とうす》を使ってふたつの浄瓶を切り落とし、とりあげた。

片方の浄瓶だけが、異様な妖気を放っている。

「浄瓶を割っても……小角《おづの》様は……死な、ない、ぞ」

床に崩れた後鬼が息も絶え絶えに顔を歪《ゆが》め、口惜《くちお》しげに言う。

「百々目鬼、ちょっと持ってろ」

役小角の入れられていると思《おぼ》しき浄瓶を、結界の中にいる百々目鬼に投げて渡す。

「は、はいっ」

かろうじて浄瓶を受け取った百々目鬼は、不思議そうに中を覗《のぞ》こうとしたが、禍々《まがまが》しい妖気に、目が押し潰《つぶ》されるような痛みを感じて、思わず顔を背《そむ》けた。

弘人が後鬼の体を龍の髭《ひげ》で手際《てぎわ》よく縛《しば》り上げた、そのとき、

「浄瓶を吾《われ》らに返せ。さもなくば、女の首を刎《は》ねるぞ」

前鬼が声高に言った。

弘人の御封の呪縛《じゅばく》を討ち負かした前鬼が、美咲を壁際《かべぎわ》に押しやって、喉元に斧《おの》の刃を差し向

けていた。

美咲は破魔の爪で抵抗を試みようとするが、前鬼はその手を悠然《ゆうぜん》と摑み上げる。

「今度は本気で殺す」

鈍《にぶ》い光を放つ研ぎ澄まされた刃先がいっそう喉元に迫り、美咲は蒼白《そうはく》になった。前鬼の目は、殺気に満ちて底光りしている。その深い赤みは、これから流れるかもしれない血の色を思わせた。

浄瓶を抱える百々目鬼は、どうしたらいいのか考えが回らずに青ざめてうろたえる。

「そんなに大事か、おまえらの小角が」

落ち着き払った弘人が、よく通る声で言った。

「おまえたちは、二百年前、竜王《りゅうおう》の滝壺《たきつぼ》から、一体なにを救い出したんだ？」

弘人は、前鬼と、床に伏している後鬼の顔を等分に見据《みす》えながら問う。

「おまえらが救ったのは、役小角《えんのおづの》ではないぞ。断言してやる。おれも自分がこの身にそいつを受け入れてよくわかった。この浄瓶にいまあるのは、精気と年月を経《へ》て自我《じが》を持った妖魅だ」

（妖魅……！）

二鬼は揃《そろ》って瞠目《どうもく》する。

美咲も、胸をつかれる思いで弘人を見た。

「おまえたちは、小角の死を受け入れられなかった。それで、滝壺で師を呼んだ。それでも小角は還《かえ》らなかった。だから小角を、妖魅を使って作り出したんだ。妖魅は、精神《こころ》の弱い部分に取り憑《つ》く。その習性をうまく利用した。そして二百年の時間をかけて、肥《こ》え太らせた。師を告発した橘屋《たちばなや》を恨《うら》み、あまつさえ、師の永遠の命を望んで、天狐《てんこ》の血脈《けつみゃく》にまで手を出した——」

そうだ、これが真実だ。美咲にも、思い当たるふしがあった。繋《つな》がる、ひとつの考えが。

返す言葉がないのか、二鬼は口を閉ざしたままだ。

「役小角の復活など、ありえない。小角は水に変わってしまった。水神《すいじん》の力を凌駕《りょうが》することはおれたちには不可能だ。なにより、人々の災《わざわ》いを取り払って、生き仏《いぼとけ》と崇《あが》められていた役小角が、復讐《ふくしゅう》を誓っての復活など望むはずがないんだ。目を覚ませ、前鬼、後鬼。おまえらは、師を失った悲しみを、橘屋への憎しみにすりかえて生きているだけだ。あれは、おまえたちがつくりだした師の偶像にすぎない。おまえたちはその幻《まぼろし》にすがって生きる、憐《あわ》れな鬼だ」

時が止まったような沈黙が落ちた。

二鬼は互いの面《おもて》を見ない。ずっと目を背けてきた、おのおのの胸に閉じ込めてある辛《つら》い真実を、認め合うことになってしまうからだ。

美咲の手首を摑む前鬼の手は、かすかに震えている。

美咲は喉元に迫った斧の刃に怯《おび》えながらも、緊張にかすれた声でおそるおそる切り出した。

「本当は、分かっていたんでしょう、ずっと昔から」

師は、もう還らないのだと。

師匠《ししょう》は不老不死の神仙のはずだ。だからいつか必ず戻ると二鬼は信じていた。

裁きの日から、彼の帰りを待って、待って、待ち続けて――

けれど、師の不在はあまりにも耐えがたいものだった。その弱さが、悪気を呼び込んでしまった。師への思慕《しぼ》はついえることなく、悪気を呑み込んで醜《みにく》く歪《ゆが》み、邪《よこしま》に膨《ふく》れ上がってしまったのだ。

美咲は目だけを動かして、床に転がっている錫杖を見やった。

「あなたは、あの錫杖を、師の形見だと言った」

以前、弘人が後鬼の手放したものを拾い上げたときのことだ。

「あのとき、不思議だったの。小角は救い出されてちゃんと自分たちのもとにいるのに、どうして形見だなんて言い方するのかって」

形見とは、戻らぬ人を偲《しの》んで使う言葉。彼らは、小角などもう、現《うつ》し世《よ》にも隠《かく》り世《よ》にも存在しないことを、ちゃんと分かっていたのだ。

「それにさっき、役小角のことを話したときだって、故人を思うみたいな悲しくてせつない目をしていた。浄瓶のなかに、自分たちが助け出した小角がいるはずなのに！」

ほんとうは、違うから……。

前鬼を見ていると、胸が痛んだ。その瞳の奥にわだかまる積年の苦悩に、美咲自身が息苦しさを覚えた。

けれど前鬼は、美咲の腕を掴む手に力を込めると、呻《うめ》くように言った。

「百年だぞ。百年、吾らは滝壺で師を呼んだ。この時間《とき》の苦しみが、貴様らに分かるか！」

百年。確かに、気の遠くなるような長い時間だ。一生を八〇年あまりで終える人間には、とても想像がつかない。

ゴッと壁が鳴った。前鬼が、美咲に突きつけていた斧を壁に向かって力任せに打ちつけたのだった。そして、

「吾らは、なにも間違ってはいない。すべては、小角師の御《おん》ため――」

美咲らの言葉を拒《こば》むように、低く、かたくなに言い募《つの》る。

まだ、事実から目をそらそうというのか――美咲は胸のつまる思いで、前鬼の真紅《しんく》の目をじっと見つめた。

「ねえ、でも、前鬼。もしあなたが、人間を襲って、悪行《あくぎょう》を繰り返してきたことが、小角のためだったというのなら、なぜあなたはいま、涙を流してるの……？」

なぜ。

責めるように、けれど声は、我知らず優しくなる。二鬼の心を映し出す、鏡となって。

前鬼の手が、一瞬怯《ひる》んだ。

「涙など、流す、ものか」

前鬼は美咲を射殺《いころ》すような眼《め》で見返し、なかば憎しみを込めて、強く押し切るように言う。

だがしかし、燃えるような美しい真紅の双眸《そうぼう》から、どうしようもなくそれは溢《あふ》れ始めているのだ。

気の毒な鬼たち。ずっと、みずからを欺《あざむ》いてきたのだ。それほどまでに師を慕《した》っていた。

けれど、もう、お終《しま》いだ。事実と向かい合うときが来た。

これは、心の虚《うろ》を暴かれた怒りの涙か。それとも、師の死を嘆《なげ》いての涙なのだろうか。

美咲はなおも前鬼を見つめる。

繰り返し筋をつくって頬《ほお》を伝う涙の感覚に、前鬼自身が狼狽《ろうばい》しているのが分かる。

すでに妖力を奪われて自由を失った後鬼のほうは、床に伏せったまま、瞬《まばた》きさえ忘れて茫然《ぼうぜん》自失《じしつ》している。

「観念しろ、前鬼」

弘人が淡々と言った。

美咲は、前鬼の手を振り払おうと試みた。が、それはいっそう強い力に阻《はば》まれてしまった。

刹那《せつな》、信じ難《がた》いことが起きた。ぐいと引っぱられた美咲の手は、そのまますさまじい勢いで前鬼の目元に振り下ろされたのだ。

一同が息を呑《の》んだ。

鋭利な爪先は、前鬼の左目を突き刺した。

目の前で、真紅の瞳が血を吹いた。

美咲の爪は、そのまま肉を抉《えぐ》って、縦《たて》に引《ひ》き摺《ず》り下ろされる。

破魔の力がじわりと滲《にじ》み、黄金色の焔《ほむら》がたった。

「前鬼、なに……を……」

一瞬、なにが起きたのか、理解できなかった。自分の爪が、前鬼の眼を突いた――？

美咲は、爪先が眼窩《がんか》を抉った感触に背筋をこわばらせた。

鮮血が、流れた涙をなぞって、あご先から滴《したた》り落ちる。

(眼を、潰《つぶ》した。あたしの爪が……)

ショックで、美咲の頭の中は真っ白になった。血の気が引いて、膝《ひざ》ががくがくと震えだす。

「必要ない……涙を流す眼《まなこ》など」

他者の言葉に惑《まど》う脆弱《ぜいじゃく》な精神を呪《のろ》うかのように言って、前鬼は続けざまに、残った右目も潰しにかかろうとする。

「駄目よ！」

美咲ははっと我に返り、渾身《こんしん》の力を振り絞《しぼ》ってそれを阻止した。破魔の力が思いのままに制《せい》御《ぎょ》できたら、爪など隠してしまえるのに。美咲は己《おのれ》の修行不足を心から悔《く》いた。

「邪魔をするな」

「……駄目！　あなたは教えてくれたわ。美しいものを見て放心すること。梅や雪割草《ゆきわりそう》は、雪解けを待って咲く。寒さを凌《しの》いで咲くからより美しいのだと。目を潰したら、もう二度と、梅の花を見ることは出来なくなる！」

前鬼の瞳が揺れた。

そう、梅の花だ。

美咲は続けた。

「あたし、ここへ来たとき、気づいたの。滝の水は、この梅の谷に流れている。滝壺に水となって溶けた小角は、月ヶ瀬《つきがせ》の大地を巡る水となって、三百年間、ずっときれいな梅の花を咲かせ続けてきた。再会の約束は、この景色を見せるためのもの。あなたたちが、三百年後の春にここを訪れても、花を見て美しいと思う心を変わらず持ち続けていてほしいから。もし忘れてしまったのだとしたら、それを思い出してほしいから。だから、そんな約束を残したんだわ」

それは、自分がいなくなっても、二人の愛弟子《まなでし》に道を見失ってほしくないという、祈りの約束だったのではないか。

「だからあなたたちは、小角が咲かせてくれる美しい梅の花を見届けなくちゃならない。そうでしょ。今年も、来年も、そのまた次の春も、ずっと……」

あの人が守っている梅の里を——。

表情を失った前鬼に、美咲は訴えかけた。

どうか、師の約束を無駄にしないで。

想《おも》いを、見失わないで。

前鬼の右目が、ゆっくりと窓のほうにそれて、外に広がる梅林を映した。

燃えるような赤い瞳に溶ける、美しい花の影。

長い沈黙があった。そしてその後、

「己の中に、なにか抑制のきかぬものがあった。小角師の弟子になったのは、それを鎮《しず》めてもらいたかったからだ……」

この梅渓《ばいけい》が、師の代わりとなって、そのことを叶《かな》えるというのだな。

前鬼はそれだけ言うと、もはやこれまでとあきらめたように美咲の手を離した。

美咲は、血に濡《ぬ》れた手をおずおずと引いた。指先の震えが、まだ止まらなかった。

破魔の爪は、ようやく力を失って消えていた。

4

「朧車《おぼろぐるま》を呼ぼう。百々目鬼《とどめき》、番台に手配を頼んでくれ」

前鬼《ぜんき》の手を龍の髭《ひげ》で後ろ手に縛《しば》り、御封《ごふ》を貼《は》って妖力《ようりき》を完全に押さえ込んだ弘人《ひろと》が言った。

前鬼は縛られる間、なんの反応も見せぬままじっと床に目を落としていた。抉《えぐ》れた左目があまりにも痛々しい。完璧《かんぺき》に近い美貌《びぼう》が、血痕《けっこん》に彩《いろど》られた深い傷のせいで凄艶《せいえん》さを増しているのだった。

「はい若様。ついでに後鬼《ごき》を表に運んでおきます。……あなた、立てる？」

百々目鬼は、縛られ、ぐったりと床に横たわったままの後鬼に手をさし出す。

二鬼は、これから高野山《こうやさん》に護送されることになる。

百々目鬼は浄瓶《じょうへい》を慎重《しんちょう》に床に置くと、動けずにいる、自分よりやや背丈《せたけ》のある後鬼の肩を抱いて、ずるずると引きずりながら広間を出ていった。

「これ、どうするの？」

美咲《みさき》はほんの出来心で、百々目鬼が床に置いていった浄瓶の注《つ》ぎ口《ぐち》を覗《のぞ》いた。

瓶《かめ》の注ぎ口から漂うのは強い邪気《じゃき》だ。いまにも魔の手が伸びて出てきそうな——。

「バカ、おまえ、覗くな！」

弘人が気づいて叫んだ時は、もう遅かった。

浄瓶がガタガタと揺れだした。

この妖魅はすでに、自我《じが》を持っている。二百年もの間、貪欲《どんよく》に精気を喰《く》らって肥大《ひだい》し続けてきたのだ。宿主《やどぬし》の体が腐《くさ》るのは、その強大な生命力ゆえに起きていたことだろう。瓶から放たれれば、おそらく己《おのれ》に見合う器《うつわ》が見つかるまで生き身を求めて暴走し続ける。

二鬼の妄念《もうねん》の刷《す》り込まれた妖魅《ようみ》は、美咲の妖気に、その妖狐《ようこ》の血に反応してしまった。

「やっ……！」

美咲はとてつもなく強い邪気におののいて、思わず浄瓶を手放してしまった。

ガシャンと音をたてて、それは割れた。

中から、禍々《まがまが》しい妖気を放つ、ドブを流れる汚水《おすい》のようにドロついた液体が流れ出る。

「どうしよう、中身が……」

美咲はうろたえた。

汚水——妖魅は、するすると床を伝って美咲の足元に這《は》ってきた。取り憑《つ》かれたときの恐怖を思い出して、美咲は妖魅を退《しりぞ》けようととっさに御封《ごふ》を放った。

妖魅は一瞬怯《ひる》むが、じきに汚水の中に御封を呑《の》み込んで動き出してしまう。

「まずいな」

弘人が横から複数の御封を飛ばし、強い力で撥《は》ねつけた。黄金色《こがねいろ》の焔《ほむら》がたって、妖魅はいったん勢いを失ったものの、今度は別の方向へと進路を変えて流れだした。

「窓から出るつもりか」

弘人は舌打ちをしながら、さらに大量の御封をびらびらと撒《ま》いた。

美咲は弘人の体が心配になった。これだけの御封を一度に使えばかなりの妖力を消耗《しょうもう》する。

御封は正方形に貼られ、広間に整然と黄金色の結界《けっかい》を形作って妖魅を閉じ込める。

(すごい……)

なんという強靱《きょうじん》な結界。美咲は自分の張るものとの厚みの違いに言葉も出ない。

行く手を阻《はば》まれた妖魅は、結界の縁《へり》をうろうろとさ迷う。

弘人は瞳《ひとみ》を閉じてなにごとか唱え始めた。雷神《らいじん》を呼ぶための神語《かむご》である。声は直接虚空《こくう》に溶けて、美咲たちに聞き取ることはできない。

「雷神を呼ぶの？」

弘人の意図に気づいた美咲が問う。

「相手が水なら効果覿面《こうかてきめん》」

弘人はかすかに口角を吊《つ》り上げて微笑《ほほえ》んだ。

強い妖気をはらんだ彼の表情は、ぞくぞくするような美しさと妖《あや》しさに満ち溢《あふ》れ、別人のようだった。美咲はこれまでと質の異なる緊張を覚えて、ごくりと唾《つば》を飲んだ。

空気が揺らめき、弘人や美咲の髪の毛先が静電気をおびてふわふわと浮遊し始める。

結界の外で、前鬼が弘人の操る強い妖気に目を瞠《みは》る姿が見える。

美咲はそこで、自分が結界の内側にいることをはたと思い出した。

「ちょっと待って、あたしまで感電死するゥ」

美咲はあたふたと結界の外に逃げ出そうとする。が、

「おまえはおれのそばにいろ」

弘人に二の腕を掴《つか》まれた。

「ええっ？」

「おまえはあとさき考えずに動くから。外に出たところで、またなにかやらかしたら厄介《やっかい》だ」

ぐいと引き寄せられて、勢いよく弘人の懐《ふところ》に飛び込む。

「なによ、もうこれ以上なんにもやらかさないったら!」

美咲は弘人の腕の中でじたばたと暴れた。雷《かみなり》は恐ろしい。あの、目を閉じていても瞼《まぶた》に染みてくる稲光は耐えがたいのだ。しかもこれから落とされるのは、ただの雷ではない。雷神の神効だ。神の怒りだ。当たったら、絶対に死ぬ。ハツに何度脅《おど》されたことか。

「離してよう、まだ死にたくない!」

「おれに触れてれば感電しない」

「でも、怖いじゃないっ」

「怖くない!」

「それでも嫌! やっぱり雷はイヤーっ」

「やかましい。気が散る!」

弘人は美咲を抱いたまま、ひきつづき唇《くちびる》だけを動かして神語を唱える。神効を呼び込みはじめた彼の瞳は、雷光を帯びたように青光りして神秘的なのだった。

渦《うず》のように巻いて湧《わ》き上がる風にのって、二人の髪が逆巻く。結界の中の密度がいよいよ増して、そこかしこで小さな稲妻が弾《はじ》けだす。

「あ……」

ぴりぴりと肌を刺すような電気を、肌に感じ始めたそのとき。

ふいに美咲を抱いていた腕がするりと力を失い、弘人の気配が変わった。

美咲は目を見開いた。

その姿はもはや彼ではなかった。空気を揺るがして、そこに一体の鵺が現れた。

勇猛《ゆうもう》な翡翠色《ひすいいろ》の鋭い眼、均整《きんせい》のとれた力強い肢体《したい》、銀色の豊かな鬣《たてがみ》は稲光を浴びてほの青く艶《つや》やかに波打って、虎縞《とらじま》模様の四肢《しし》を際立《きわだ》たせている。面立《おもだ》ちは獅子《しし》に近い。ぞっとするほどに気高《けだか》く美しい妖獣《ようじゅう》だ。

（これがヒロの本当の……）

美咲はごくりと唾を飲んだ。

青い焰に包まれた鵺は毒々しい蛇尾《だび》を妖しげに撓《しな》らせて、雷神の降臨《こうりん》にそなえて身構える。

美咲は息をつめてその宝石のように硬質な美しさをたたえた双眸《そうぼう》を見つめた。どこまでも深く、碧《あお》い、神々《こうごう》しい輝き。

次いでカッとまばゆい雷光に視界を奪われ、美咲はとっさに目を背《そむ》けた。が、弘人に触れていなければ感電してしまう。美咲はあわてて膝《ひざ》を折って、弘人のしなやかな背にひしとしがみついた。ふわふわとした毛並みが頰《ほお》をくすぐる。強い鼓動《こどう》を感じる。

（あたたかい……）

美咲はきつく閉じた瞼の向こうに、青く燃える光を見た。尊《とうと》く、侵《おか》しがたい至高の存在。

確かにその片鱗《へんりん》を、感じた。

天下《あまくだ》る、雷神――……

直後、バリバリと空気を裂いて、神効を帯びた大閃電《だいせんでん》が瞬時に結界の中を巡った。

逃げ場を失った妖魅は、くるったように結界の中を這いずり回る。

山鳴りのように轟《とどろ》きわたる雷鳴と震動。鼓膜《こまく》を破らんとする霹靂《へきれき》。

美咲はそのなかに、妖魅の断末魔《だんまつま》の叫びを聞いたような気がした。


「終わったよ」

身を縮めて、目も耳もしっかり塞《ふさ》いですくみ込んでいた美咲に、声がかけられた。

気がつくと、さきほどまでの轟音《ごうおん》と雷鳴が嘘《うそ》のようにやんでいた。

「え……」

顔を上げれば、いつのまにか、結界も妖魅の姿もあとかたもなく消えてなくなっている。

目の前で手を差し伸べているのは、いつもの涼しい顔をした弘人だ。

「ヒロ……」

美咲は不思議な心地のまま、目を瞬《またた》かせる。

すると、ゴゴゴゴ……と、地震の前触れのような細かい震動が、足元から這いのぼるように伝わってきた。

「なに？　なんか、まだ床が揺れてる……？」

美咲は弘人の手を借りてよろよろと立ち上がった。

壁が揺れて、天井《てんじょう》がみしみしと鳴っている。神効降ろしの名残《なごり》というよりも、これからもうひと波乱あるという感じだ。

弘人がしくじったという表情になって苛立《いらだ》たしげに舌打ちをした。

「雷の衝撃で館《やかた》が崩れるんだな。逃げるぞ」

天井をぐるりと眺め回した弘人は、美咲の手を引き、出口へと走り出す。しっかりと握られた手に安堵《あんど》を覚えながら、美咲は広間を出る直前、はたとうしろを振り返った。

前鬼が、じっとそこに止まったまま、動こうとしない。

「前鬼が！」

美咲は叫んで、立ち止まった。つられて弘人も止まって振り返った。

地響きがいっそうひどくなった。天井に四方八方から亀裂《きれつ》が入り、いまにも落ちんばかりの状態になる。

「外へ出ないと、下敷きになって死んじゃうわ！」

美咲は叫ぶが、前鬼は無表情のまま、ただ一人そこに立ち尽くす。

着の身着のままの女郎たちがあちこちの部屋からとび出して、悲鳴や怒号を上げながら階下へと逃げてゆく。

天井がきしみ、ついに一部が落ちてきた。続いてそのまわりがガラガラと崩落し始める。

「吾《われ》は、橘屋《たちばなや》の言いなりになどなれん」

前鬼はそれだけ言い残すと、そのまま足を退《ひ》いて、瓦礫《がれき》の降り注ぐ中に自《みずか》らの身を投じていった。なんの感情も見えない、能面のような顔をしていた。

「前鬼！」

叫んだとたん、美咲の足元の床が斜めに傾《かし》ぎ始めた。均衡《きんこう》を崩しそうになって踏みとどまる。

床が崩れるのだ。このままでは、美咲自身も巻き添えを食う。

「駄目だ。もう、あきらめろ。来るんだ！」

弘人が声を荒らげて、美咲の手を強引に引っぱった。

(前鬼、どうして……！)

心を入れ替えて、やり直すのではないのか――

美咲は目を伏せて、弘人に引かれるまま駆け出した。血に濡《ぬ》れた顔が、悲しいほど鮮やかに深く、美咲の脳裏《のうり》に焼きついた。

次いで、轟音が、煙《けぶ》る砂埃《すなぼこり》の匂《にお》いが、美咲の背後を襲った。

もう二度と、振り返ることは適《かな》わなかった。

5

梅の香りがする。

甘く涼やかな香りが、そこはかとなく漂っている。

丘陵《きゆうりよう》の中ほどから、美咲《みさき》と弘人《ひろと》と百々目鬼《とどめき》の三人は、花でかすむ谷川を見下ろしていた。

花びらがときおり、降り始めの雪のように、音もなくちらちらと舞い落ちる。

これが、役小角《えんのおづの》の守っている梅渓《ばいけい》。永遠《とこしえ》に続く、春の祈り——。

「完全に崩れちゃいましたね」

百々目鬼が、頭上の『高天原《たかまがはら》』を見ながらつぶやいた。

神劾《しんこう》降ろしは結界《けつかい》の中だけですませたはずなのに、その余波で紅楼《こうろう》はほぼ全壊していた。護《ご》世神《せいしん》の神劾とはそれほどに威力《いりよく》のあるもののようだ。

「おれの結界が、雷《かみなり》の衝撃を支えきれなかったのがいけなかったんだ」

弘人は無表情のまま、木片と瓦礫《がれき》の山を見下ろしながら言う。

「あんなに頑丈《がんじよう》な結界だったのに？　……降ろす雷をもうちょっと手加減するとかはできなかったの？」

「無理だな。あれはおれであって、おれじゃない」

雷神《らいじん》の意思と力のほんの一部が弘人の体に降りてくるのだという。

「いや、もっと修行すれば、制御《せいぎょ》できるようになるのかもしれないけどな」

納得のいかぬ口ぶりだった。それは完全でない自分への不満であり、弘人自身もまだ、修行の只中《ただなか》にあるのだと言っているように、美咲には聞こえた。

この梅渓に立つと、二つの世界を守って罪に服した役小角のことが偲《しの》ばれる。神仙となった彼も、かつては人の世を生きた人物だった。その心は、どちらに寄り添っていたのだろう。

(あたしはあたしのまま、二つの世界を生きればいいのではないかしら)

その思いはふと、ひとひらの羽根のように美咲の心に降ってきた。

血の色を変えることはできないと弘人は言った。ならば、それを受け入れてゆくしかないと。

自分の体には、二つの血が流れている。でも二つでひとつなのだ。だから、どちらかに身を寄せる必要はない。人間としての感覚で、悪行《あくぎょう》をはたらく妖怪《ようかい》を取り締まる。橘屋《たちばなや》としての任務がそれで果たせるのなら、そのままでいいのではないか。

そうして自分の立ち位置が見えてくると、普通の幸せな人生というものに対する執着《しゅうちゃく》が不思議と薄れてゆくのを感じた。

「前鬼《ぜんき》は……死んだの?」

美咲は、ためらいがちに尋《たず》ねる。

少し離れた場所に、手を縛《しば》られたままの後鬼《ごき》が、朧車《おぼろぐるま》を待って青白い顔で横たわってる。心身の疲弊《ひへい》がひどいようで、目も開けない。

「わからない。後日、巳《み》ノ分店《ぶんてん》が遺体の捜索にあたることになると思うけど、見つからないということもありうる」

弘人はどこか自虐《じぎゃく》めいた笑みをうかべる。

「この瓦礫の下敷きになって、生きていられるの？」

「人間と鬼はちがう。御封《ごふ》の効き目も龍の髭《ひげ》の力も一時的なものにすぎない。息があれば、生還《せいかん》を遂《と》げる可能性は高い」

ほとんど確信を込めて、弘人は言う。

「どうしてあんな道を選んだのかしら。生きていたら、また悪さをするつもりだと思う？」

「それはないと思いたいな。ただ、師匠《ししょう》の死を受け入れて心を取り戻すことと、橘屋に従うことは、あいつにとっては別問題だったんだろう」

弘人は、梅の木を遠く眺めながら言う。

美咲は、いまだ前鬼の血痕《けっこん》の残る自分の手のひらをじっとみつめた。

「あたし、前鬼の眼を——」

潰《つぶ》してしまった。

力を制御できさえすれば、もしかして避けられた事態なのかもしれないのに。

「違う。あれは前鬼が自分でしたことだ。おまえは逆にあいつの目を守ったんだろうが」

「守った？」

美咲は顔を上げる。

「そうだ。心を揺さぶる真実を説《と》いて、目を覚まさせた。だから、責められるようなことはしてないぞ。なにも、力ずくで相手を挫《くじ》くことばかりがおれたちの仕事じゃない」

強く言い切ってから、弘人は表情を和《やわ》らげる。

あのとき、前鬼を止めたかった。その眼《め》から、その心から、光を失わぬように。ただそれだけを思って訴えかけた。それが、ちゃんと伝わったということなのだろうか。

「ところで、若様。どうしてわたしたちの居場所が分かったのですか？」

百々目鬼が不思議そうに尋ねる。

「雁木小僧《がんぎこぞう》が、おまえらが裏町へ行ったことを知らせに来た。どうせとっ捕まってここにいるんじゃないかと思ってさ」

美咲はぴくりと反応した。

「んもう、絶対に喋《しゃべ》るなって言ってあったのに！」

「駄目ですね、雁木小僧ったら」

「だから口で喋らずに紙に書きつけて知らせに来たんだろ」

「え……そうなの？」

美咲と百々目鬼は絶句した。たしかに、それならば喋ったことにはならない。向こうのほうが、一枚上手《うわて》だったということか。でも、おかげでこうして助けてもらえたのだから、むしろ感謝せねばならない。

「ヒロはどうやって妖魅《ようみ》をやっつけたの？」

登場したときには、すでにけろりとしていた。

「文字通り、喰《く》い殺した。時間はかかったけどな」

「さすが、若様！」

百々目鬼が手を合わせて感嘆《かんたん》する。

「でも、あたしの体に入ってた奴《やつ》だったのに？」

「ああ、奇跡的確率で、なんとか適応してたみたいだぞ」

「まあ。きっと血の相性がよろしかったのですね。ということは、赤ちゃんも出来るってことですよ」

百々目鬼はお宝でも発見したかのように興奮して言う。

「赤ちゃん？」

美咲は突拍子《とっぴょうし》もない発言に面食らった。

「ああ、そういえば。異種族間でも受胎《じゅたい》可能な相手ってのはちゃんと存在するもんなんだな」

弘人が腕組みしながら他人事《ひとごと》のように感心する。

「すごいですねえ」

「あのっ、でも、いきなり赤ちゃんって……。あたしたち、まだ出会って間もないし、結婚するかどうか決まったわけじゃないし、ていうか、そのまえに恋にだって落ちてないんだから……っ」

美咲はあたふたと言い募《つの》る。

「だって、種族が違うとふつう赤ちゃんはできないんですよ。血が合うっていうのは、すごくすごーく珍しいことなんです！」

「そうそう。そういう話をしてるんですよ。おまえ、なに想像してんの？」

弘人が白《しら》けた顔で美咲を覗《のぞ》き込む。

「えっ、……いえ、あ、そうなの。別になにもっ」

美咲は口をつぐみ、赤くなった頰《ほ》っぺたを隠して目を泳がせる。

確かに妖怪《ようかい》同士でも、種族が違えば当然体のつくりも異なるので、受胎は難しいといわれている。人間が妖怪の子を稀《まれ》にしか身ごもらないというのも、そこからきているのだろう。

人間と妖狐《ようこ》の間の子供。そんな複雑な美咲の境遇が、鵺《ぬえ》である弘人に障《さわ》りをもたらさなかったのは、確率からすれば、まさに奇跡というものにほかならないのかもしれない。

「でも、命を粗末にしないでほしい。あんなことして、もし、合わなかったらどうなったと思うの！」

美咲は弘人が苦しんでいたときのことを思い出し、半ば責めるように言い返した。

「なんだよ。助けてやったってのに、不満そうだな」

弘人は納得のゆかぬ顔をする。

「だって、死ぬかもしれなかったのよ」

「そうか、口移しだったのが気に入らないんだろ。ひょっとして男としたのはあれが初めて？」

「まあ、そうだったのですか、お嬢さん」

「ち、ちがうわよ。キスくらいしたことあるもんっ、小さいときに、父さんと！」

「あ、そう。父さんね」

「ていうか、あれはキスじゃないでしょ。溺《おぼ》れた人にする人工呼吸みたいなものでしょ」

ときめきに浸《ひた》る余裕はなかった。そんな状況ではなかったのだ。

「じゃあ、やり直すか？」

弘人はにやりといたずらっぽい笑みを浮かべて言う。

美咲は思わずどきりとして目を見開いた。

「わたしはむこう向いてますから、どうぞ。うふふっ」

百々目鬼が目かくしをして背中を向ける。

「ち、ちが……、百々目鬼までやめてっ。あたしが言いたいのはそういうことじゃなくって……」

美咲はどぎまぎしながら顔を背《そむ》ける。

(あたし、からかわれてる……?)

こっちは真面目《まじめ》な話をしているというのに。

「……あっ、朧車、到着ですよ」

百々目鬼が、丘の小道を登ってくる黒々とした牛車《ぎっしゃ》に向かって手を振りながら駆けてゆく。

「まあ、目の前で死にかけてる奴いたら、放っとけないだろ、ふつう」

弘人は真面目な面持《おもも》ちになって言った。

その人間のような言葉に、ふと美咲の心は和《なご》んだ。身を挺《てい》してまで守ってくれたということは、彼には他人《ひと》を思う気持ちがあるということだ。少なくともあのときは、食餌《しょくじ》のためなどと思って美咲を助けたのではなさそうだった。

ひょっとすると、人間も、妖怪も、本質的には変わらないのだろうか。妖怪の一部には、人から生まれてしまった者もいるくらいなのだから。妖魅に取り憑かれていたことを思い出すと今でも苦しくなるけれど、もしそんな希望が持てるなら少しうれしい。

「あ、でも、あたしが初めて前鬼に会って襲われたとき、ヒロは目目連《もくもくれん》つかって高みの見物してただけだったわよね」

もしやられたりしたら、そこで見限るつもりだったのかと不安に思った覚えがある。

「ああ、あれね。おれ、あの時ちゃんと近くにいたんだぞ」

「えっ、そうだったの？」

美咲は目を丸くした。

「そうだったの。あんまり危なっかしいから駆けつけたんだよ。大事な橘屋の身内を見殺しにするわけないだろ。というかな、おまえ、未熟者なんだからもう少し自重しろ。狙《ねら》われるの分かってて裏町に入ったりとかしないでさ」

「だって、それは……、ヒロが代わりに死んじゃったら、意味ないから……」

美咲はぼそぼそと返す。

やっぱり、あんなことはしてほしくない。自分のために、誰かが苦しむ姿を見るのは嫌だ。弘人だけではない。友人のユカは、意識が戻ったというので見舞いに行ったとき、事件を思い出して泣いていた。百々目鬼だって、後鬼《ごき》にたくさん痛めつけられた。

結局、自分が未熟で迂闊《うかつ》だったせいで、みなによけいな迷惑《めいわく》をかけてしまった。

強くならねばならないのだ。せめて、自分の身は、自分の力だけで守れるくらいに。

「あたし、もっと努力するから。分店の主《あるじ》としてふさわしい存在になれるように」

美咲は弘人を仰《あお》ぎ、みずからにも言い聞かせるように言った。

「ああ。そうだな」

優しい表情。祭りの夜に見せた、あの包み込むような温かい瞳《ひとみ》をして弘人は頷《うなず》く。

終章

「弘人《ひろと》殿のお見送りじゃ」

学校から帰るなり、美咲《みさき》は店の前でハツに呼び止められた。

弘人が本店に戻る日が来たのだ。

美咲はその日、授業中もなんとなく弘人のことばかりを考えていて、気持ちはそわそわと落ち着かなかった。

これで気を遣《つか》わなくてはならない客人もいなくなり、のびのびと暮らすことが出来る。けれど、弘人の目を意識した緊張に満ちた生活も、これきりかと思うとなぜか惜しいような、寂《さび》しいような感じがした。もう少しそばにいて、係《かか》わり合っていてほしいと思わせる、なにか離れがたい魅力が彼にはあるのだった。

「あっという間の十日間だったたな」

支度をすませ、店で美咲の帰りを待っていたらしい弘人は、美咲とハツの姿に気づいて外に出てきた。

考えごとをしたいので現し世《こっち》からゆっくり帰るという彼は、来たときと同じ、洋服姿である。隠り世《かくよ》に係わっている気配を微塵《みじん》も感じさせぬその姿を見ていると、妙な心地だった。つい昨日起きた出来事が、まるで、すべて夢だったみたいに思える。

「あの、いっぱい迷惑《めいわく》かけてごめんなさい」

美咲はしおらしく頭をさげた。自分が未熟なせいで、本当にいろいろと手を煩《わずら》わせてしまった。

「本店にはなんて報告するの、今回のこと」

実はずっと気になっていた。首尾《しゆび》よく事件を解決できなかったうえに、ひと騒動もふた騒動も起こしてしまった。

(妓楼《ぎろう》、一個潰《つぶ》してるし……)

閻魔帳《えんまちよう》にこのことを細かにつけられたら、美咲など跡目にふさわしくないと判断を下され、西《とり》ノ分店《ぶんてん》自体お取り潰しを言い渡されてしまうのではないか。

するとは弘人は笑みをこぼして言った。

「『高天原《たかまがはら》』は〈惑《まどい》イ草《ぐさ》〉取引の嫌疑が強まっていたので、近々お上《かみ》から、巳《み》ノ分店を通して退去命令が下されることになっていたそうだ。まあそれに一役買ったってことで今回は大目に見てもらえるんじゃないか」

「えっ、そうなの?」

美咲は目を丸くした。そんな裏事情のあった妓楼だったとは。

「じゃあ、西ノ分店のお取り潰しは……？」

「なんじゃ、取り潰しとは」

ハツが聞きとがめる。

「だって、ヒロはうちの店に落ち度があったからわざわざ監視しに来たんでしょ？」

美咲はけげんそうに弘人を見る。と、ハツが代わって答えた。

「今回は単に分店の定期見回りにすぎん。主犯はいちおう始末できて事件は解決した。この程度の騒動で店が取り潰しになどなるものか。弘人殿は、許嫁《いいなずけ》がどんな娘か見極めるために、監視方に代わりを申し出てみずからおいでなすったのよ。嫁の下見じゃ、下見」

「ええーッ、なんなのよ、それ」

美咲は思いもよらぬ事実に唖然《あぜん》とする。

「妙な事件に巻き込まれはしたが、おかげで跡を継ぐ気にもなったろ。尻《しり》を叩《たた》かれねば動き出さぬおまえさんのために、ふたりでひと芝居うったのじゃ」

ハツはしたり顔で笑う。

「ひと芝居って……。じゃあ、ヒロが店をもらい受けるとか言ってたのは――」

「ああ、あれはただの出まかせ」

弘人は平然と言う。美咲がその気になるように焚《た》きつけただけなのだ。店を継がせたいハツの思惑《おもわく》に、まんまと嵌《は》められてしまったというわけだった。

「なんかヘンだとは思ってたのよね」

美咲はどこか一貫性《いっかんせい》に欠けた弘人の言動を思い出して、むくれる。

けれど、橘屋《たちばなや》が必ずしも人間の味方ばかりをしているわけではないという現実を知ったいまとなっては、暴れるものを打ち負かすだけだという彼の発言はあながち嘘《うそ》とも言い切れないのかもしれない。

いずれにしても、心は決まった。

今回の出来事をとおして、進むべき方向が見えてきた気がした。

自分は、ハツの意志を継いで店を守ってゆく。人間と妖怪《ようかい》、どっちの側《がわ》につくのか、答えはまだ出ていないけれど。

でも、ずっと出さなくてもいいのではないかと思う。自分には二つの血が流れているのだから、どちらかに身をおく必要はない。人間のことを食餌《しょくじ》として見ることはできないし、かといって妖怪をのきなみ敵視することもできない。

だからこのまま、真ん中で、自分なりの見方で店を守ってゆけばいいのではないか。妖怪が見える眼《め》も、破魔《はま》の力も、妖狐《ようこ》になって速く走れる足も、きっとそうして二つの世界を生きるために備わったものなのだ。だからそれを、中途半端《はんぱ》だと気に病《や》むことはないのではないかと、いまは思える。

「あたしは、あたし。自分なりの立ち位置で店を継いでいくわ」

美咲はきっぱりと宣言するように告げた。

とても清々《すがすが》しい気持ちだった。こんなふうに決心がつけられてよかった。いつまでも迷ってばかりいる自分でいるよりは——。

「そうか」

弘人はまっすぐ美咲の目を覗《のぞ》き込んで言った。

「じゃあおれたち、またいずれ、会うことになりそうだな」

「えっ……」

どきんと鼓動《こどう》が高鳴った。それは、彼がここに婿入《むこい》りすることを意味しているのだろうか。

「では、さっそく婚礼の具体的な日取りでも決めますかな、弘人殿」

ハツがしゃしゃり出て話を進めようとする。

「ちょっと待ってよ、おばあちゃん。そういうのは正式に跡を継いでからにして。……ていうか、あたし、結婚なんて当分するつもりはありませんからねっ」

「なにを言う。善は急げじゃ」

美咲はぶんぶんと首を横に振った。やっと十七の春を迎えたばかり。ほんとうに、結婚なんてまだまだ先の話だ。

「まあ、結婚話はともかく、ときどき顔を見に来てやるよ。おまえひとりに任《まか》せてたら、この分店は間違いなく傾くからな」

ふたりのやりとりを見ていた弘人が笑いながら言う。

「な、なによそれ。ひどーいっ」

「じゃあ、またな」

弘人は膨《ふく》れ面《つら》の美咲に別れを告げると、踵《きびす》を返した。

ゆるやかな春風が店先を吹きぬけて、橘屋ののれんを揺らす。

(とりあえず、あたしがこの店の跡を継ぐことだけは認めてもらえたのよね)

弘人の後ろ姿を見送りながら、美咲は、それが大きな自信に繋《つな》がるのを実感した。それから、鵺《ぬえ》によりそって眠る妖狐《ようこ》の自分を想像して、悪くないかも、とこっそり微笑《ほほえ》んだ。

終

あとがき

はじめまして、高山《たかやま》ちあきと申します。これが私の文庫デビューとなります。

本作は、コバルトノベル大賞において、読者大賞をいただいた「橘屋《たちばなや》本店閻魔帳《えんまちょう》～あとを継ぐまで待って～」を大幅に加筆・修正したものとなっております。選考委員の方々にはあらためて、心より御礼申し上げます。

さて、このお話には、妖怪が出てきます。

主人公は、人間と妖狐《ようこ》の血をもつ半妖怪の女子高生・美咲《みさき》。

ヒトの住むこの世（現《うつ》し世《よ》）と、妖怪たちの棲《す》む裏の世界（隠《かく》り世《よ》）を繋《つな》いでいる橘屋というお店に生まれ、跡取りを迫られて悩んでいましたが、祖母から任《まか》されたある事件をとおして、（とつぜん本店からやってきた花婿《はなむこ》候補の弘人《ひろと》に助けられ、ちょっとときめいたりしながらも）自分の生きる道を決めるまでを書かせていただきました。いかがでしたでしょうか。

妖怪を扱っているお話というのは漫画・アニメも含めてほんとうにたくさんあって、ある作品では敵だった妖怪が、別の作品では味方についていたりする、作品によってそれぞれ役どころが異なっているのが、読んでいておもしろいところだと思います。

鵺《ぬえ》は、古典に出てきたり、能の演目にも使われたりとわりとポピュラーな妖怪ですが、敵方に回っていることが圧倒的に多い模様（大丈夫なのかな、橘屋……）。

今回、敵として出させてもらった前鬼《ぜんき》・後鬼《ごき》も高名な鬼の妖怪です。前鬼は赤鬼、後鬼は青鬼ですね。一説には、ふたりは夫婦で、子供を五匹くらいこさえているという話もありますが、本作のふたりはただの同志です。また、彼らが仕《つか》えていたという役小角《えんのおづの》は、奈良《なら》時代に実在した人物。修験道《しゅげんどう》の祖ともいわれている尊《とうと》いお方のようです。縁《ゆかり》の地には銅像があったりします。

また、お札《ふだ》を使って敵を始末するスタイルは、これまた妖怪退治ではよく見られる手段ですが、わたしの場合は、子供のころに見ていた台湾《タイワン》のアクションホラー・幽玄道士《ゆうげんどうし》の影響があるような気がします。あの黄色いお札に妙に憧《あこが》れました。剣や、銃も好きですが、お札も自分の中では捨てがたい武器アイテムのひとつです。

ちなみに作中に出てくる妖怪、およびその個性については、おおむね伝承《でんしょう》に基《もと》づいておりますが、一部、作者の創作が含まれておりますのでご注意ください。あくまで和風ファンタジーとして読んでいただけたら幸いです。

この本の出版にあたって、細部にわたり的確なアドバイスをしてくださった担当様、そして、印象的かつ美麗《びれい》なイラストで、物語に奥ゆきを与えてくださったくまの柚子《ゆずこ》様、また、その他、製作に携わった各方面の方々には、心より御礼申し上げます。

そして、この本を手にとって読んでくださった皆様、ほんとうにありがとうございます。

ご意見、ご感想などありましたら、ぜひお聞かせくださいませ。

またお会いできることを夢見て。

二〇一〇年　三月　　　高山ちあき

おもな参考文献

妖怪辞典　著・村上健司（毎日新聞社）
画図百鬼夜行全画集　著・鳥山石燕（角川ソフィア文庫）
日本妖怪異聞録　著・小松和彦（小学館）
七人の役小角　監修・夢枕獏　（小学館）

※この作品はフィクションです。実在の人物・団体・事件などにはいっさい関係ありません。

この作品のご感想をお寄せください。

高山ちあき先生へのお手紙のあて先

〒101－8050　東京都千代田区一ツ橋2－5－10
集英社コバルト編集部　気付
高山ちあき先生

たかやま・ちあき

12月25日生まれ。山羊座。B型。「橘屋本店閻魔帳～跡を継ぐまで待って～」で2009年度コバルトノベル大賞読者大賞を受賞。趣味は散歩と読書と小物作り。好きな映画は『ピアノレッスン』。愛読書はM・デュラスの『愛人(ラ・マン)』。

橘屋本店閻魔帳

花ムコ候補のご来店!

COBALT-SERIES

2010年5月10日　第1刷発行

★定価はカバーに表示してあります

著者　高山ちあき
発行者　太田富雄
発行所　株式会社　集英社
〒101−8050
東京都千代田区一ツ橋2−5−10
電話　東京　(3230) 6268 (編集部)
(3230) 6393 (販売部)
(3230) 6080 (読者係)

印刷所　大日本印刷株式会社

ISBN978-4-08-601412-0　C0193

ベスティアの聖乙女
ほほえみの姫に捧げる純愛と剣

時海結以 イラスト／あららぎ蒼史

守護龍への生贄《いけにえ》としてやってきた少女ルディ。龍に会うため自ら志願したという風変わりだが純粋な彼女に惹かれていくジュジュ。姿を消した龍を探すため、共に旅に出るが…？

〈聖乙女〉シリーズ・好評既刊

アヴィスの聖乙女 いけにえの姫を焦がす深紅の恋

好評発売中 コバルト文庫